AF294797

Jochen Jason Fretz

AM EINEM TAG IM ÜBERMORGEN

KURZGESCHICHTEN

Inhalt

*Für Bianca, Gina, Valerie und Angelina –
In der Hoffnung, dass es ganz anders kommt.*

Nasse Erde

Der blaue Planet präsentierte sich anmutig, still und erhaben. Aus der Umlaufbahn betrachtet, glänzte die Erde wie in guten, alten Zeiten. Kein gigantischer Wirbelsturm und kein undurchdringlicher Nebel aus Smog und grauem Dunst konnte dieses herrliche Schauspiel trüben.

Die alte Dame lächelte zufrieden. Sie raste weiter durch das Sonnensystem, ließ den Mond hinter sich und steuerte den Mars an. Das betörende Rot erinnerte an warme Sonnenuntergänge.

Zufrieden registrierte sie, dass sie auf ihrer Reise weder mit den Schandflecken des Raubbaus auf dem Mond konfrontiert wurde, noch sich die kalten Bauten der ersten Mars-Kolonie zeigten.

Die alte Dame steuerte entspannt die Ringe des Saturns an. Vergnüglich wich sie den Monden und Asteroiden aus, die immer wieder an ihr vorbeiflogen.

Ihr Blick richtete sich in das dunkle Nichts und fixierte Uranus, der in endlos weiter Ferne kühl schimmerte.

„Wollen Sie jetzt das Sonnensystem verlassen?" fragte eine sanfte, weibliche Stimme. Die alte Dame überlegte kurz. Irgendein fremdartiger Geruch drang in ihre Nase. Seltsam und doch irgendwie bekannt, nur in der jetzigen Situation völlig deplatziert.

Es roch nach Gewächs und feuchter Erde.

„Wollen Sie jetzt das Sonnensystem verlassen?"

Die Dame runzelte die Stirn. Gerade als sie antworten wollte, ertönte eine andere weibliche Stimme:

„Früchtetee oder Saft?"

Na gut, das war es dann.

Seufzend zog die Dame ihre Lunetta von den Augen und blickte direkt in die stets freundlichen Augen von Schwester Rosa. Sie stand in der Mitte des Zimmers und hatte ein Tablett mit Getränken in der Hand. Auf das kleine Tischchen vor dem Fenster hatte sie anscheinend einen Strauß mit Blumen gestellt. Die Dame betätigte ihren Controller und das weiche Bett, in dem sie lag, richtete sich lautlos in die Sitzposition auf.

„Woher kommt das Gestrüpp?"
Sie blickte fragend auf das Fenster und musterte misstrauisch das wilde Gewächs. Ein Zettel mit Aufschrift hing an einem Zweig.

„Was steht da?"
Rosa setzte ihr strahlendes Lächeln auf.
„Für Charlotte. Ist hier abgegeben worden, der Sicherheitsdienst hat aber heute niemanden gesehen oder gar eingelassen."
Sie kicherte. „Vielleicht ein mysteriöser Verehrer?"

„Blödsinn, Kindchen. In meinem Alter verehrt einen höchstens noch der gnädige Tod. Und überhaupt...klopfen Sie doch das nächste Mal an, wenn Sie ihren Rundgang machen. Ich war gerade dabei, dieses Sonnensystem zu verlassen."

„Oh, das tut mir leid", erwiderte Rosa. „Ich dachte, ich hätte geklopft. Wissen Sie, bei der ständigen Rundumbetreuung von 10 Klienten am Tag kommt man manchmal etwas durcheinander", flötete sie. „Also, Früchtetee oder Saft?"

„Früchtetee", antwortete Charlotte. „Aber kommen Sie mir nicht mit Ihren Ausreden. Sie sind noch sehr jung und andere Altenpflegerinnen würden sich darum reißen, in einem Haus der Kategorie A mit lächerlich wenigen Klienten arbeiten zu dürfen."

Rosa goss eine Tasse des duftenden Tees ein und stellte ihn lächelnd an das Bett.

„Da haben Sie natürlich Recht, Charlotte. Aber Sie sind auch ein Glückspilz, das wissen Sie doch? Ich meine, die Kategorie A ist doch heutzutage ein Leben wie im Palast: Menschliche Pfleger, Einzelzimmer, private Lunetta mit Zugang zum Netz, täglicher Gartenbesuch für 2 Stunden.“

„Junge Dame, das hilft Ihnen später auch nicht weiter, wenn Sie alt und hilflos sind. Es ist trotzdem ein grausames, unaufhaltsames Dahinvegetieren, ein gnadenloses Verwelken und Vergehen. Apropos verwelken: Wenn Sie ihren Rundgang fortsetzen, nehmen Sie dieses stinkende Büschel von verfaultem Gras wieder mit und entsorgen Sie es.“

Sie hielt kurz inne.

„Oder besser noch: Stellen Sie es bei Johanna ins Zimmer, die war früher Staatsanwältin und kennt sich mit unangenehmen Gerüchen aus.“

Mit ihrer knöcherigen, faltigen Hand fingerte Charlotte umständlich nach der Lunetta. Sie sehnte sich nach etwas Abwechslung in der virtuellen Welt.

„Aber natürlich“, lächelte die Altenpflegerin. „Ich nehme den Strauß wieder mit. Waren Sie heute schon im Live Stream? Der Großkanzler spricht gerade.“

Charlotte kam in Fahrt.

„Der Großkanzler ist ein dümmlicher Schwätzer und kann mich mal kreuzweise. Da bevorzuge ich jede noch so dämliche Simulation!“

Rosa erschrak.

„Sie sollten das nicht sagen, Charlotte. Sie wissen, so etwas kann schwerwiegende Konsequenzen haben. Sie kennen doch den Volksmund: *Der Name weich, das Herz so hart.*“

„Die Todesstrafe für Verrat", ergänzte die alte Dame den Reim. „Kindchen, denken Sie, dass mich in meinem Alter und Zustand noch irgendetwas schocken kann? Wendelin Weichler ist ein gefährlicher Idiot. Weichler! Heuchler! Klingt doch passend. Leider haben auch Leute wie ich ihm den politischen Weg zur Macht geebnet. Das ist nun die gerechte Strafe: Ich muss den Monologen dieses Kretins pausenlos zuhören."

„Ja, aber er hat doch Ruhe und Stabilität in das ganze Chaos gebracht", stammelte Rosa verlegen. Sie konnte Charlotte schwer einschätzen. Diese uralte, gebrechliche Frau schien einen unbändigen Willen zu besitzen. Sie hatte von allem eine Ahnung und nahm kein Blatt vor den Mund. Sie wirkte absolut souverän. Manchmal dachte Rosa, dass Charlotte irgendein wichtiges Geheimnis hütete. Auf alle Fälle musste sie in früheren Jahren eine bedeutende Stellung innegehabt haben. Wer sonst konnte sich schon die Kategorie A leisten?
Charlotte schnaufte:

„Stabilität ins Chaos? Kindchen, Sie müssen im Leben noch viel lernen. Man stiftet selbst das Chaos, um danach seine Pläne verwirklichen zu können. Das war schon immer so. Hat nach Wilhelm dem Ersten bestens funktioniert, hat nach Hindenburg funktioniert, hat nach Merkel funktioniert. Ich komme aus der deutschen Politik, ich kenne mich strategisch aus, glauben Sie mir."

Rosa räusperte sich unsicher.

„Ich…ich muss jetzt weiter, Charlotte. Die anderen Klienten warten. Ich sehe später nach dem Abendessen noch einmal nach Ihnen, ja?"
Die alte Dame nahm einen Schluck Tee. Dann betätigte sie den Controller und ließ ihr Bett wieder in eine waagerechte Position bringen.

„Der Tee ist gut, ich danke Ihnen."
Sie zog die Lunetta wieder auf und hörte noch das Klicken der Tür. Rosa war gegangen. Einen kurzen Augenblick dachte Charlotte darüber nach, eine neue Simulation zu starten. Einen Tiefseetrip durch den *Marianengraben* hatte Sie erst gestern erlebt. Sie entschied sich um, blinzelte dreimal fest mit den Augen und landete sofort im Livestream. Natürlich lief zuerst einmal Werbung, was sonst. Werbung für Aktien zur Altersvorsorge, dem einzigen Weg eventuell eine Rente zu erhalten. Rüstungsgüter, Rohstoffe, Robotik, Pornoindustrie. Alle Bereiche glänzten mit hochmodernen Clips und warben um Investition. Charlotte bekam ein mieses Gefühl. Schließlich war Sie vor knapp 40 Jahren eine Miterfinderin dieses Systems. Dass dieser Weg nur für eine kleine Minderheit funktioniert, war eigentlich klar gewesen, aber die Partei hatte so entschieden.

Es gab keine Alternative.
Dann erschien die blasse, eierköpfige Visage von Wendelin Weichler. *'Unser Großkanzler spricht'*, stand in goldenen Lettern auf dem Screen.

„Meine verehrten Mitbürger", erklang die säuselnde, schleimige Stimme des Widerlings. „Heute, am 11.10.2081, ist der letzte Eisbär auf der Welt im Zoo von Berlin gestorben."
Weichler machte ein mühsam betroffenes Gesicht und sah aus wie eine eingetrocknete Zitrone. Charlotte riss sich die Lunetta vom Gesicht. Es war einfach nicht zu ertragen. Dieses belanglose Blabla angesichts von Unterdrückung und Trostlosigkeit in diesem Land. Aber der Eisbär...der letzte Eisbär! Ja, das war das Topthema für die hirnlose Masse im Live Stream. Charlotte rieb sich müde die Augen. „Das Kapitel Eisbär hat sich eh erledigt", murmelte sie bitter vor sich hin.

„Wer braucht noch Eisbären seitdem der Nordpol fast vollständig flüssig ist? Wer braucht noch überhaupt irgendetwas Sinnvolles? Niemand hört mehr richtig zu. Niemand ist bereit, etwas zu ändern, Verantwortung zu übernehmen, Widerstand zu leisten."

Vor zehn Jahren hatte sie einmal versucht, dem System zu trotzen. Es war alles vergeblich. Charlotte schloss die Augen und ließ ihre Sinne in die graue Vergangenheit schweifen.
Ja, vor zehn Jahren.
Der Wald.
Die Kälte.
Der Regen.
Die nassen Blätter. Diese nasse, schwere Erde. Es war ihr, als könne sie es wieder riechen, diesen fauligen Geruch von Laub und Feuchtigkeit.

Das kalte modrige Laub.

Dieser schier endlose Wald... eines der letzten, großen Waldgebiete im nördlichen Hessen.
Wie lange war es jetzt her, seit sie aus Frankfurt aufgebrochen waren? Es kam ihnen vor, als wären es Wochen, aber es waren nur sieben Tage. Die Knie schmerzten. Verfluchte Arthrose.
„Du musst aufstehen, Frieda. Du holst dir den Tod, wenn du hier noch weiter auf dem Boden sitzt."
Frieda sah ihre Zwillingsschwester an. Charlotte stand über ihr und hielt ihr die Hände hin. Mühsam fasste sie Ihren Arm und zog sich daran in die Höhe.
„Ich...ich kann nicht mehr weiter, Charlotte. Ich schaffe es nicht. Mir tut alles weh und ich bin steif gefroren."

Charlotte sog die kühle Luft ein. Jetzt fing es auch noch an zu regnen.

„Komm jetzt."

Sie zog Frieda unter eine große Eiche. Die olivgrünen Parka Jacken der beiden Schwestern boten zwar Schutz vor der Kälte, aber wenn sie erst einmal nass waren, dauerte es Tage, sie wieder zu trocknen.

„Wir warten hier ab, bis es aufhört zu regnen. Der Baum bietet uns genug Schutz. Hier bleiben wir. Und wir warten auf Finn. Wo steckt der alte Sack eigentlich? Er ist schon seit Stunden unterwegs."

Frieda zog sich die Mütze über ihr graues Haar.

„Ich weiß nicht, ob wir ihm wirklich trauen können. Bist du dir bei ihm sicher? Er behauptet, schon einmal da gewesen zu sein."

Charlotte zuckte mit den Achseln.

„Wer weiß das schon? Aber was bleibt uns anderes übrig? Seit wir gestern im Wald auf ihn getroffen sind, hat sich an unserer Situation nichts verändert, weder zum Guten noch zum Schlechten." Sie packte einen Schokoriegel aus und reichte ihn ihrer Schwester.

„Wie soll ich den kauen, mit meinen Zähnen?", raunzte Frieda.

„Du sollst ihn auch nicht kauen. Du kannst ihn lutschen. Dauert länger und gibt mehr Kraft", behauptete Charlotte.

„Er hat gesagt, er käme von einer *Dying Farm*. Er sagte, ihm wäre die Flucht geglückt. Glaubst du das, Charlotte?"

Charlotte lachte höhnisch:

„Ein Ausbruchskönig mit 80 Jahren. Der kann uns vieles erzählen, dieser Irre. Solange er uns aber wirklich zu einem der Camps führt, soll es mir egal sein. Ich habe jedoch noch nie gehört, dass es irgendjemandem gelungen ist, aus einem dieser Schlachthäuser zu entkommen. Aber wer weiß? Diesem Nerd wäre alles zuzutrauen."

Frieda schien das nicht zu beruhigen.

„Ich bin mir nicht so sicher. Sie werden uns finden, bestimmt suchen sie uns schon. Sie werden uns wieder einsperren. Ich habe Angst."

„Kann denen doch egal sein, wo wir sind und ob wir im Wald verrecken oder nicht. Für die sind wir doch eh nur das alte Gammelfleisch zum Durchfüttern", antwortete Charlotte. Sie machte eine abfällige Handbewegung, dann formte sie eine Faust.

„Wir sind zwar alt, aber auch stark. Wir sind noch aus der Generation wo man sich nicht nur auf künstliche Intelligenz verlassen hat. Diese Regierung duldet keine Verletzung der Ordnung. Und deshalb sind sie hinter uns her. Aber seit wir unsere Bio- Implantate aus dem Unterarm entfernt haben, dürfte eine Peilung schwierig sein. Und dennoch..."

Charlotte überlegte kurz.

„Wenn sich unsere Flucht herumspricht, ist das natürlich Wasser auf die Mühlen derjenigen, die bereit sind, sich zu wehren. Und um jede Opposition im Keim zu ersticken, können sie nicht tolerieren, dass ein paar durchgeknallte Alte aus dem Sterbeheim fliehen." Frieda liefen ein paar Tränen die kalten Wangen herunter.

„Sie hassen uns", schluchzte sie.

„Die ganzen jungen Leute hassen uns so sehr."

Charlotte grunzte ärgerlich und holte sich ebenfalls einen Schokoriegel aus ihrem Rucksack. Langsam ließ der Regen nach.

„Wundert dich das? Schau an, was für eine Welt wir ihnen überlassen haben: Zerstört, geplündert, aus den Fugen geraten. Da ist es wahrlich nicht verwunderlich, dass sie uns zum Verrecken in die Sterbeheime stecken: Automatisierte Zwangsfütterung durch Roboter, gnadenlos günstig und gerecht!

Wäre unser Aktienpakt nicht geplatzt, säßen wir jetzt gemütlich in Kategorie A und bekämen den Hintern abgewischt. Aber wie du siehst, Schwesterherz: Das Leben ist nicht immer fair.“

„Nicht immer fair?“, heulte Frieda jetzt laut auf. „Was erzählst du da? Wir haben doch dieses grausame System abgesegnet, damals in der Partei!“
Es knackte im Wald. Laut und deutlich.

„Still, sei still!“, zischte Charlotte. „Du bringst uns in Teufels Küche.“
Aber es war zu spät.

„Das habe ich gehört“, sagte Finn. „Und ich erwarte eine Erklärung. Oder ich gehe keinen Schritt weiter mit euch beiden!“
Finn stand direkt hinter ihnen, ein Riese von fast zwei Metern. Er hielt einen langen Wanderstock in der Hand. Er war eine seltsame Erscheinung:
Sein immer noch volles, graues Haar war zu einem Pferdeschwanz gebunden. Sein spitzes Gesicht war hinter einer runden, stets beschlagenen und zu großen Nickelbrille versteckt. Lasern der Augen schien es bei ihm nie ein Thema gewesen zu sein. Seine Zähne waren teilweise ausgefallen und der Rest blitzte spitz durch einen eisgrauen Bart.
Unter seinem Parka kam ein rot- schwarz kariertes Polohemd zum Vorschein, seine Beine steckten in kurzen, bayrischen Lederhosen. Finn trug immer kurze Hosen, von Anfang März bis Ende Oktober. Auch wenn der Herbst so kalt war wie heute: Er blieb stets seinen Prinzipien treu.
Dazu gehörte auch, dass er Quartalstrinker war. Das hatte er gestern den beiden Schwestern so erzählt. Ein halbes Jahr Saufen bis ins Koma, dann wieder ein halbes Jahr Pause.

Zurzeit war Finn auf dem Trockendock.
Seine stabilen Wanderschuhe waren matschig, er schien eine Weile lang durch das Unterholz marschiert zu sein.
Charlotte fand ihre Stimme wieder.

„Finn, wir dachten du wärst abgehauen.“

„Ich habe es gefunden“, sagte er.

„Ich habe es euch gesagt: Ich war schon einmal da und ich habe es gefunden. Wir dürfen kommen. Aber ich nehme euch nur mit, wenn ihr mir sagt, wer ihr beide wirklich seid. Ich habe genug von eurer Unterhaltung mitbekommen und ich brauche Klarheit. Sonst rennen wir im Camp allesamt ins offene Messer. Leute aus der Partei sind da nicht gerade willkommen. Also...“
Finn sah die beiden Schwestern auffordernd an. Seine Hände umklammerten den Holzstab etwas fester. Charlotte blickte zu ihrer Zwillingsschwester und nickte.

„Na gut“, begann sie zögerlich.

„Es ist jetzt sowieso egal. Willst du, Frieda?“
Zum ersten Mal zögerte die stets so entschlossene Charlotte, als ob ihr etwas peinlich wäre.

„Es ist so“, begann Frieda.

„Wir waren von Anfang an mit dabei. Charlotte kam aus der AFD und ich war in der CDU. Bei der Vereinigung 2040 waren wir Gründungsmitglieder der CADU, unserer Christlich-Alternativen-Deutschen Union. Aber leider lief es mit Jahren nicht so, wie wir uns das vorgestellt hatten.“
Frieda machte eine Pause und sah zu ihrer Schwester. Charlotte übernahm jetzt doch das Wort:

„Das Aktien – System, Zwei-Klassen Betreuung, Automatisierung der Pflegeheime, die Umwandlung der Altersheime in Sterbeheime, die Einführung der *Dying Farms* mit der sofortigen Beseitigung von Ungehorsamen...das alles ist mit auf unserem Mist gewachsen. Aber irgendwann widersetzten wir uns, vor allem gegen den

Massenmord am Fließband. Wir waren der Meinung, dass es absolut unmenschlich ist. Man hat nur ein Leben und wir haben ein Recht darauf, es würdevoll zu beenden. Doch diese Einstellung hat uns in der Partei das Genick gebrochen."

„Wie?", wollte Finn wissen. Er hörte aufmerksam zu.

„Wir wurden kaltgestellt", sprach Frieda weiter.

„Unser Aktienpaket löste sich über Nacht in Luft auf. Wir wurden Opfer eines Systems, dass wir selbst mitgestaltet hatten. Und wir landeten schließlich im Sterbeheim. Als wir die grausame Zwangsfütterung nicht mehr aushielten, sind wir geflohen. Wir waren zu dritt, aber Fatima wurde kurz nach Frankfurt von einer der Drohnen erschossen. Da hatten wir die Peilsender noch im Arm." Frieda blickte traurig auf ihre noch nicht verheilte Wunde am Unterarm.

„Wir wollten auf keinen Fall in einer *Dying Farm* landen."

Finn sah die beiden Schwestern an. Dann putze er die beschlagenen Brillengläser wieder klar.

„Mann, oh Mann. Erzählt diese Story bloß niemandem im Camp. Die bringen euch glatt um, versteht ihr?"

Die Schwestern nickten.

„Und du?", fragte Charlotte misstrauisch.

„Wirst du uns verraten?"

Finn winkte mit dem Stock.

„Was hätte ich davon? Also los, wir müssen jetzt abrücken. Ich möchte gerne noch vor Einbruch der Nacht im Camp sein. Auf geht's!"

Die beiden Schwestern sahen sich wieder an. Charlotte nickte. Mühsam setzte sich die Fluchtgemeinschaft in Bewegung. Es ging tatsächlich direkt ins Unterholz. Frieda ächzte bei jedem Schritt.

„Habe ich euch schon erzählt…“, begann Finn, während er mit seinem Stock den Weg frei schlug.

„Mein Vater war Anfang 2018 Schlagzeuger in einer Punkrock Band …vielleicht kennt jemand von Euch seine Truppe noch? Sie hieß *'Bück dich und die Gichtkröten'*?“

Charlotte stöhnte: „Nein, kennen wir nicht. Aber wenn man dich so ansieht, macht dieser Name durchaus Sinn.“

Abends erreichten sie endlich das Camp.

Die beiden Zwillingsschwestern waren überrascht. Auf den ersten Blick wirkte die Szene so, als ob sich nur ein paar Gestalten um ein Lagerfeuer drängten. Am Ende der kleinen Lichtung mitten im Wald gab es nur eine kleine, unscheinbare Hütte. Frieda wollte gerade fragen, wo die Leute untergebracht waren, als sie die Baumhütten sah. Es mussten so an die 20 Bauten in mittlerer Höhe sein. Sie schauderte. Wie zum Henker sollten ihre alten Knochen da hinaufkommen?

„Wir haben mehrere Leitern und Flaschenzüge“, grinste der Mann. Er hielt ihr die Hand zur Begrüßung entgegen. Frieda hatte seit langem keinen so vitalen Greis gesehen. Er musste über 80 Jahre sein, wirkte drahtig und trainiert und sah sie aus dunklen Augen an, die wie schwarze Perlen unter sehr dichten, buschigen, grauen Augenbrauen hervorstachen.

„Ich bin Yassir“, sagte er. „Das hier ist Lea. Wir leiten hier das Camp.“

Lea wirkte wesentlich missmutiger. Man spürte, dass ihr das Leben oft und übel mitgespielt hatte und sie ihren Glauben an das Gute im Menschen verloren hatte. Auch sie machte einen vitalen, gesunden Eindruck.

Mürrisch blickte sie die drei Neuankömmlinge an und nahm besonders Charlotte ins Visier. Sie schien ihr nicht zu trauen.

„Und du verbürgst dich für die beiden Schnepfen, ja?“
Sie sah zu Finn und kratzte sich an der Nase. Finn nahm die angeschlagene Brille von der Nase und putzte sie mit einer notorischen Gewohnheit. Er rollte mit seinen Augen.

„Habt ihr jemals Grund gehabt, mir nicht zu trauen?“, fragte er.

„Das mit dem Vertrauen ist hier so eine Sache“, sagte Yassir. Er schien sich zu erinnern.

„Du warst letztes Jahr mit einem Versorgungstrupp unterwegs, Finn. Die Anderen sagten, du wärst spurlos verschwunden. Jetzt erzählst du uns, du wärst aus dem Schlachthaus geflohen. Ich finde, das klingt sehr abenteuerlich und da ist es doch natürlich, dass man mal nachfragt, oder?“
Finn setzte die Brille wieder auf und lachte. „Immer noch der alte Yassir, was?“ Lea giftete ihn böse an: „Ihr könnt auch wieder gehen, wenn dir an Erklärungen nichts liegt.“
Charlotte hasste diese Person von Anfang an.

Sie sah bildlich vor sich, wie Lea in jungen Jahren bei der Antifa oder einer der anderen linken Chaostruppen ihre vorlaute Klappe aufgerissen hatte. Umso mehr war es im Moment geschickter, still zu halten.

„Nun gut“, fuhr Finn fort, „dann haben die Anderen dir auch sicher erzählt, dass wir an einem Lebensmitteldepot nahe Alsfeld containern waren. Wir hatten uns getrennt, Louis und die andere Frau...ach, ich habe den Namen vergessen.“

„Shirin“, ergänzte Lea.

„Genau. Die Beiden versuchten es am Osttor und Hassan und ich am Zaun.“
Finn überlegte eine Weile, als ob er sich die Bilder mühsam ins Gedächtnis zurückrufen wollte.

„Und dann? Was ist dann passiert?“, fragte Yassir.
Finn stocherte mit dem Daumen in den Zähnen herum.

„Der verdammte Sprengstoff. Dieser verfluchte Plastik-
sprengstoff ging zu früh hoch. Ich hatte ihn an dem seitli-
chen Tor angebracht. Dann weiß ich nichts mehr. Die
Greifer haben mich zum Verhör geschleppt. Sie behaupte-
ten, die Anderen wären tot. Mich wollten sie nach dem
Verhör erschlagen, weil ich die Koordinaten vom Camp
nicht preisgeben wollte." Lea schaute ihn an und verzog
die Lippe. Anscheinend glaubte sie ihm kein Wort.

„Wieso haben die dich nicht gefoltert?"

„Ich habe keine Ahnung. Der Obergreifer war so ein Pe-
dant aus Alsfeld. Er meinte, sein dämlicher Bruder wäre
der Leiter einer *Dying Farm* und der hätte bis zur Jahres-
frist eine Quote zu erfüllen. Also haben sie mich dort hin
gekarrt."

Charlotte musterte ungläubig den alten Schrat. Auch sie
fand diese Geschichte reichlich merkwürdig. Es fing wieder an zu regnen und wurde langsam ungemütlich. Das
bemerkte auch Yassir, der nun das Gespräch rasch beeen-
den wollte.

„Und wie du da wieder rausgekommen bist, erzählst du
uns dann morgen früh, wenn wir alle trocken sind."

„Nein", rief Lea, „das will ich heute noch erfahren! Die
Sache stinkt doch zum Himmel!"

Finn grinste: „Hier stinkt gar nichts, außer unseren Klamotten. Ich erzähle es euch morgen, versprochen. Schließlich bin ich der weltberühmte Ausbrecherkönig, das
schlaue Chamäleon. Nicht vergessen."

Lea schnaufte böse.

„Lass es gut sein, Lea. Er wird es uns morgen erzählen",
sagte Yassir. „Ich bin mir sicher, es ist wie immer eine
höchst unterhaltsame Geschichte. Ihr alle könnt heute
Nacht erst mal hier drüben im Gemeinschaftshaus schlafen." Er deutete auf die kleine Hütte am Ende der Lichtung.

„Morgen weisen wir euch dann in die Camp Regeln ein und ihr könnt euch für eine Arbeitsgruppe einteilen lassen.“

„Was denn für eine Arbeitsgruppe?“, fragte Frieda.
Lea legte die Hand auf ihre Schulter.

„Schätzchen, die Freiheit ist nicht umsonst. Wir sind an die 30 Leute. Jeder macht hier irgendetwas. Wachdienst, Versorgungstruppe oder Instandhaltung.“

„Wachdienst?“, fragte Charlotte. Jetzt erst bemerkte sie einige Menschen mit Gewehren hinter dem Lagerfeuer.

„Ja, auch wir haben Waffen, einschließlich Störsender gegen die Peilung“, antwortete Yassir. „Es gibt sogar einige von uns, die noch bei der alten Bundeswehr gedient haben.“ Charlotte konnte sich nicht zurückhalten:

„Na, da bin ich aber wirklich sehr beruhigt“, kicherte sie vorlaut. „Hoffentlich funktionieren die Gewehre.“
Lea spuckte vor ihr auf den Boden.

„Wir beide werden uns noch gut kennen lernen, das sehe ich schon“, maulte sie grantig.

„Jetzt schwingt eure faltigen Ärsche in die Hütte, bevor ich es mir anders überlege!“
Der Regen fiel jetzt in Strömen. Die Truppe setzte sich in Bewegung.

Es war lange her, dass Frieda in einem richtigen Bett geschlafen hatte. Es war zwar nur eine alte Matratze auf dem Boden, aber es kam ihr vor wie ein Himmelbett. Zuerst war sie in einen tiefen Schlaf gefallen. Dann träumte sie. Sie lief durch ein Gewitter, ohne Schuhe. Sie rannte wie ein junges Mädchen, nichts konnte ihr irgendetwas anhaben. Auf einer Anhöhe oder einem Berg stand Charlotte. Sie winkte ihr zu und lächelte. Dann krachte es sehr laut. Blitze zuckten, irgendetwas rüttelte sie.
„Steh auf!!! Wir müssen sofort hier weg...weg!!“

Es war Finn. Er schüttelte sie wie ein Wahnsinniger und in seinem Gesicht stand das pure Entsetzen.

„Wach auf, Frieda! Sie kommen!"

Frieda war schlagartig wach. Die Nacht war taghell geworden, Geräusche von Helikoptern und das Summen von Drohnen lagen in der Luft. Durch den dunklen Wald hallten Stimmen und Kommandos.

„Was? Wie?", stotterte sie.

„Das Mobile Einsatzkommando, sie haben uns gefunden!", schrie Finn. „Wir müssen fliehen!"

Frieda sah sich hilflos um.

„Nein, nein. Wo ist Charlotte? Wo ist meine Schwester?"

Finn zerrte sie an der Hand nach draußen in die hell erleuchtete Nacht. Draußen war Krieg: Gewehrschüsse, das Zischen der Laser, Fangnetze fielen vom Himmel.

„Sie ist tot! Erschossen, drüben an den Baumhäusern!"

Frieda blieb stehen. Ungläubig blickte sie auf Finn.

„Sie ist tot, wie die Meisten von uns. Komm jetzt!", brüllte er gegen den Lärm an.

„Treibt das faulige Gammelfleisch zusammen!", dröhnte die Stimme des Einsatzleiters über das Camp. Überall lagen blutende Menschen, tot oder wimmernd verletzt.

Ein Schuss.

Frieda stand wie versteinert da. Finn ließ ihre Hand los. Er hielt sich erstaunt den Kopf.

Seine Brille war zerbrochen.

Rot färbte sich sein grauer Bart.

Dann fiel er.

Frieda öffnete den Mund um zu schreien, aber es kam kein Laut. Eine Drohne schwebte direkt vor ihr und nahm sie ins Visier. Frieda schloss die Augen.

„Halt, die hier nicht!", brüllte jemand.

„Schafft sie ans Feuer zu den Anderen!"

Frieda wurde gepackt. Sie hatte keine Kraft sich zu wehren und ließ alles mit sich geschehen. Sie setzten sie in die Mitte von einer Gruppe Gefangener.

„Also", begann der Einsatzleiter.
Sein jugendliches Gesicht grinste hämisch unter der schwarzen Mütze hervor.
„Wer ist hier der Leiter von eurem Drecksloch?"
Yassir erhob seinen Blick. Seine Hände waren auf dem Rücken gefesselt.
„Das bin ich, junger Mann."
Diese Information schien zu genügen. Der Soldat schoss ihm direkt in den Kopf. Lea schrie wie am Spieß.
Sie hörte nicht auf.
„Schweine!!!!"
„Halt die Schnauze, alte Hexe. Ich knall dich ab!"
Der Uniformierte richtete seine Waffe auf sie.
„Einen Augenblick, Leutnant!"
Ein anderer Mann schob sich zum Lagerfeuer. Er war älter, sein fülliger Körper steckte in einem schweren Ledermantel. Der Einsatzleiter blickte ihn an. Offensichtlich hatte dieser Mann mehr zu sagen als er.
„Gibt es hier eine Frau Becker?", fragte der Dicke.
Frieda blickte ihn ungläubig an.
„Wie bitte?"
„Frau Becker, sind Sie Frau Becker?"
Frieda schluckte: „Ja, ich bin Frau Becker...aber was...?"
„Die hier nicht!", befahl der Ledermantel. „Das ist die Informantin."
Lea brüllte und wollte sich trotz der Fesseln auf Frieda werfen.
„Du elende Sau!" Der Leutnant erschoss Lea ebenfalls aus nächster Nähe.
Frieda stöhnte. „Ich verstehe das nicht."

Der Dicke sah sie belustigt an. „Mein Auftrag ist es, die Informantin Charlotte Becker lebendig nach Frankfurt zu bringen.“
Frieda hörte, wie ihr Blut im Körper rauschte. Dann wurde sie ohnmächtig.
„Na, die Oma hat sich die Kategorie A wahrlich verdient“, lachte der Leutnant.

Die alte Dame war wieder eingeschlafen.
Nur ihr leises Schnarchen erfüllte das Zimmer mit einem monotonen Rhythmus.
Wer braucht die virtuelle Welt, wenn man träumen kann?
Die alte Dame flog rasend durch die Lüfte.
Sie ließ die Vergangenheit weit hinter sich.
Sie war frei wie ein Vogel und flog über endlose, grüne Waldgebiete. Der Wald...das Laub...das kalte Laub...die nasse Erde. Wieder dieser Geruch und Geschmack von widerlicher, nasser Erde?
Sie spuckte aus und röchelte. Irgendetwas drang in ihren Mund, tiefer und tiefer. Die Luntetta rutschte ihr nach hinten über die Stirn weg. Entsetzt riss sie die Augen auf und röchelte. Hilflos ruderte sie mit den Armen, ihr kleiner Körper wurde tief ins Bett gedrückt.
„Finn!“, gurgelte sie.
Mehr brachte sie nicht heraus.
Er stand direkt über ihr und drückte das faulige Büschel von Blumen und Gewächs tief in ihren Rachen. Seine Nickelbrille war mit einem Pflaster geklebt und dahinter starrten sie zwei wahnsinnig gewordene Augen an. Er schwitzte und roch stark nach Alkohol. Finn hatte das Trockendock verlassen.
„Das ist für Frieda, du Verräterin! Hast dich damals schön totgestellt, nachdem du uns verpfiffen hast! Du...du hast wohl geglaubt, dass ich dich nicht finde, Charlotte?“

Finn stöhnte und drückte ihr das Bündel tiefer in den Hals. Frieda gluckste panisch. Sie erstickte. Sie wollte schreien: *„Ich bin Frieda! Ich bin doch Frieda!"*
Sie wollte alles erklären. Ihr schwanden die Sinne.
Wer bin ich?
Wo gehe ich hin?
Dann war da nur noch die Dunkelheit.

Als sie wieder erwachte spürte Frieda, wie eine sanfte Hand sie streichelte. Mühsam öffnete sie die Augen. War sie im Himmel? Sanfte Augen wie die eines Rehs sahen sie mitleidig an. Es war Schwester Rosa.

„Alles wird gut, Charlotte. Alles wird wieder gut." Frieda blickte sie verständnislos an.

„Der Sicherheitsdienst hat den Irren eliminiert, gerade noch rechtzeitig. Sie hatten großes Glück, Charlotte."

„Ich...ich bin Frieda", stammelte Frieda mit Tränen in den Augen.
„Ich bin doch Frieda."
Schwester Rosa tätschelte einfühlsam ihr graues Haupt.

„Schlafen Sie noch eine Runde, Charlotte. Ruhen Sie sich aus. Alles kommt wieder ins Lot. Schließlich sind wir hier in Kategorie A, da wird niemand hängengelassen. Sie sind hier absolut sicher."
Als Rosa die Türe schloss, war der Geruch von nasser Erde weg. Es roch wieder so, wie es immer gerochen hatte: Nach frischer Farbe, gebohnertem Boden, stickiger Heizungsluft, breiigen Mahlzeiten, quälenden Schuldgefühlen und dem unaufhaltsamen Ende.

Der Trick

Hubert ist ein Arschloch. Ein riesengroßes Arschloch. Ein dampfender Haufen von Bockmist. Er ist das Allerletzte.

Ich hasse Hubert. Wenn ich an ihn denke, könnte ich zum Killer werden. Ich würde ihn am liebsten mit einer Axt in tausend kleine Stücke zerhacken.

Danach würde ich seine kläglichen Überreste namenlos in einem tiefen Loch verscharren und auf sein Grab urinieren.

Anschließend würde ich alle meine Freunde, wenn ich welche hätte, einladen und eine riesige Party feiern: Am besten eine Fress- und Sauf- Orgie. Mit allem Drum und Dran. Und wenn mich dann die Coppers der Gesellschaft fassen, würde ich nichts abstreitend. Lächelnd würde ich meine Strafe akzeptieren. Stolz würde ich ihnen sagen:

„Ja, ich war es. Ich habe dem elenden Schweinehund das gegeben, was er verdient hat."

Auch die Tatsache, dass ich bereits mit diesen gewalttätigen Fantasien gegen jedes geltende Recht der Gesellschaft verstoße, ist mir völlig egal. Wegen mir sollen sie mich doch danach aburteilen, zur Entsorgung schicken oder zur Sklavenarbeit auf den Mond verbannen.

Dort baue ich dann bis an das Ende meiner Tage seltene Erden ab, solange, bis ich verrecke. Aber ich sterbe mit einem verzückten Lächeln auf meinen Lippen, denn ich weiß:

Hubert ist endlich tot!

Vernichtet!

Eliminiert!

Aber leider ist Hubert nun mal quicklebendig und so wie es aussieht, wird er mein Leben weiterhin zur Hölle machen.

Ein Beispiel gefällig? Aber bitte, gerne: Erst vor zwei Tagen hatte er mich wieder so weit, dass ich ausgerastet bin. Ich saß vormittags in meiner verblödeten 9 Quadratmeter Wohnwabe, schaute durch das Guckloch auf das hektische Treiben und den Shuttle Verkehr zwischen den großen Wolkenkratzern unserer elenden Metropole und stellte mir wie jeden Tag um diese Uhrzeit die gleiche Frage:

„Was werde ich wohl heute essen?"

Nun ist es ja nicht so, dass ich besonders anspruchsvoll wäre. Ich gehöre nicht zu den kranken Allergikern, militanten Veganern oder zu den armen Teufeln, die sich kein Klonfleisch leisten können. Ich bin ein Mann in den besten Jahren. Ich arbeite nur noch freitags und samstags Teilzeit an den Raumhafen – Docks und beziehe die Grundversorgung. Ich habe sogar fast noch alle Zähne.

Spitze, was? Ja, das denken Sie!

Leider sind wir seit 20 Jahren alle bei *HEIL*, der Gesundheitsbehörde der Gesellschaft, zwangsversichert. Und da beginnen meine Probleme.

Eigentlich ist es eine Schweinerei:

Fast 30 Jahre lang habe ich meine Beiträge bei der *Response* Versicherung eingezahlt, mit allen Vorteilen, die sie mir für die Rente versprochen hatten. Dann haben die hohen Damen und Herren alles gleichgeschaltet. Jetzt muss ich mich mit so einem Ignoranten wie Hubert herumschlagen. Ich meine, ich will ja nicht nostalgisch werden. Ich hasse Leute, die immer jammern, so nach dem Motto:

„Früher war alles besser."

Aber scheiß' die Wand an! Verflucht, diese pessimistischen Freaks haben Recht. Man konnte einfach in irgendeinen Laden gehen und etwas kaufen, mit Geld, oder wie das damals hieß.

Man konnte in so einen Fresstempel, in ein Restaurant oder in einen Lebensmittelmarkt hereinspazieren und sich die Wampe voll hauen, wenn man es sich leisten konnte.

Das muss herrlich gewesen sein!

Meine Mutter hatte mir vor ihrem Tod noch davon erzählt. Jeder konnte machen, was er wollte. Man konnte sich gesund ernähren oder wissentlich zu Tode futtern.

Völlig egal!

Doch heutzutage habe ich so einen Widerling wie Hubert an der Backe: Hubert, mein persönlicher Care-Manager.

Na, schönen Dank auch!

Ach ja, wo war ich stehen geblieben? Also gestern Vormittag, so gegen 11 Uhr:

Mein Magen knurrte wie eine defekte Solaranlage. Klar, ich kenne die Prozedur. Ich weiß ja, wie das läuft. Aber ich habe es einfach mal auf die witzige Tour versucht.

Just for Fun.

„Hubert, mach mir mal 'n Bier.“

Ich versuchte, möglichst locker zu klingen. Und wissen Sie was? Keine Antwort. Null. Nicht den kleinsten Kommentar zurück. Ich beschloss, einen gewaltigen Schritt weiter zu gehen:

„Heute nehme ich einmal das Hüftsteak Madagaskar mit Pfefferrahmsoße und dazu die guten Schwenkkartoffeln.“

Wieder erst mal Funkstille. Dann quakte Hubert mit seiner monotonen Stimme:

„Haha...sehr witzig, Herr Bäumler.“

Ich meine, er sagte nicht: *'Ja gerne, kommt sofort, Herr Bäumler.'* oder *'Auf gar keinen Fall gibt es dieses Menü.'*

Nö, einfach nur ein trockenes: *„Haha, sehr witzig, Herr Bäumler.“*

Das brachte mich auf die Palme! Ehrlich! So ein verdammter Sack!

Ach so, falls ich es noch nicht erwähnt habe: Hubert heißt eigentlich gar nicht Hubert. Ich habe mir aber gedacht, dass zu einem verblödeten Besserwisser wie ihm Hubert wunderbar passt.

Also, genau genommen handelt es sich bei Hubert um einen *HUB 8000* der D-Klasse (D steht bei mir für *'Du kannst mich mal kreuzweise')*. Er ist, wie schon erwähnt, mein persönlicher Care-Manager, ein Frigomat, den man früher auch verächtlich als Kühlschrank bezeichnete. Und dieser miese Tyrann von einem Frigomat, ich nenne ihn jetzt einfach auch mal gemeinerweise Kühlschrank, thront in meiner kleinen Küchenecke und ist der Herr über meinen kulinarischen Alltag.

Hubert selbst behauptet, ich würde mir so etwas nur einreden. Er sei ja lediglich ein neutrales, ausführendes Element in dieser Geschichte, er würde nur den Anweisungen der Gesellschaft folgen. Und im Übrigen, sagt Hubert, wäre ich für meine physische Verfassung ja wohl selbst verantwortlich.

Ja, da kann man mal sehen, wo wir mit unserem gesunden Menschenverstand gelandet sind: Wir sind Sklaven einer künstlichen Intelligenz.

Toll!

Ich rastete also aus, so wie fast an jedem Vormittag.

„Scheiße!! Ich will Steak! Steak! Steeeeeaaaak!!! Hast du gehört, du diktatorischer Schrotthaufen? Ich will ein Steak Madagaskar, aber sofort, zack!"

Ich trat gegen seine Vorderfront, nicht mit irgendeiner Absicht, sondern einfach unbeherrscht und wütend. Seine Panzerstahltür war sowieso nicht zu knacken. Einmal habe ich ihm aus Hass in die Ausgabeöffnung gepinkelt.

Danach hat mein Essen drei Tage lang gemuffelt und ich tat es nie wieder. Jetzt schmerzte mein Fuß.

„Aua."

Ich setzte mich auf die Bettkante und blickte böse zu ihm herüber. Als ob ich es geahnt hätte, schien Hubert nur darauf gewartet zu haben, dass ich mich wieder abrege und er fing mit seiner Leier an:

„Herr Bäumler, ich habe heute für Sie 5 Pellkartoffeln mit Mangold. Zum Nachtisch kann ich Ihnen einen richtigen Apfel anbieten. Sie können aber auch alternativ Ersatzvitamin C als Flüssigkeit nehmen, die Äpfel fallen heute recht klein aus."

Ich merkte, wie mein Blutdruck bedenklich stieg.

„Dein Verstand fällt auch recht klein aus, und das nicht nur heute!", zischte ich beleidigt.

„Ich will deinen ekligen, miesen Gesundheitsfraß nicht, davon bekomme ich Pickel am Arsch, verstehst du?"

Hubert schien gesprächiger als sonst zu sein, denn überraschenderweise antwortete er mir direkt.

„Herr Bäumler, nicht ich mache Ihren Ernährungsplan, sondern die zentrale Gesundheitsbehörde der Gesellschaft. Das ist nur zu Ihrem Besten."

„Heil *HEIL*!", frotzelte ich, doch Hubert verstand den Witz nicht. Ist ja auch ein Kalauer aus der Mottenkiste.

Ich versuchte es weiter:

„Wie kann die verdammte Gesellschaft wissen, was mir schmeckt oder guttut? Bio - Daten können auch gehackt werden, zum Beispiel von Anarchisten aus der Außenwelt. Die kennen sich doch damit aus, die könnten doch so etwas machen, oder nicht?"

Ich hoffte, dass Hubert ins Wanken kommen würde, aber der blieb stur wie ein Eisblock bei minus 90 Grad.

„Die Bio - Daten aus ihrem Bio - Chip können nicht gehackt werden, das ist nicht möglich", säuselte der alte Widerling. „Ihre kompletten Biostoffdaten werden jeden
Abend über den Link der Gesundheitskontrolle an das
Zentralregister übermittelt. Dort wird Ihr Speiseplan zu-
sammengestellt, beim Großversorger *ZODI WEST* bestellt
und anschließend direkt per Drohne an die Hausvertei-
lungsanlage geliefert. Ich habe in meinem Speicher nur
jenes Sortiment an Nahrung, dass mir die Hausverwaltung
automatisch einspeist. Es liegt nicht an mir, Herr Bäumler.
Ich bin lediglich..."

„Jaja, du bist nur das neutrale ausführende Element. Sag'
mal, hörst du dir eigentlich hin und wieder selbst mal zu,
Hubertus von Kackschrank?"
Ich kam langsam wieder in Fahrt. Ich lief zur Bestform
auf. Denn seltsamerweise sind die Streitereien mit meinem
Kühlschrank ein beliebter Höhepunkt in meinem öden
Tagesablauf. Wenn ich ehrlich bin, eigentlich genieße ich
diese Auseinandersetzungen. Der lange Tag bringt ansons-
ten nur den staatlichen Propaganda Scheiß im Glotzomat.
Also, das hält kein Mensch länger als 10 Minuten aus.
Dann lieber der täglich einstündige Hofgang um den
Block.
Wenn ich da Glück habe, kann ich mich mit Blecker aus
Wabe F 333 unterhalten. Blecker und ich kennen uns von
den Docks. Er darf aber nicht mehr arbeiten. Blecker hat
sich mal subversiv über die Gesellschaft geäußert und im
Netz Aufrufe gestartet. So blöde wollte ich mal sein. Ich
bin froh, an 2 Tagen raus zu kommen und an den Docks
zu schuften. Das bringt zwar keine Vorteile für den Alltag,
ist aber eine willkommene Abwechslung. Manchmal be-
kommt man Gespräche von den Siedlern mit, die zum
Mond aufbrechen oder gerade wieder zurückkommen. Ich
finde es wichtig, auf dem Laufenden zu bleiben.

Natürlich berichte ich so viel ich kann an Blecker, der
giert förmlich nach Geschichten. Die Überwachungsdrohne in unserem Block ist entweder defekt oder digital verblödet. Sie hat uns noch nie beim Quatschen erwischt.

 Im Gegenteil.

Vor einer Woche, als ich mich im Hof heimlich mit Blecker unterhielt, hat sie doch fälschlicherweise Trunella aus Wabe F 448, dieser garstigen Hexe, einen saftigen Stromstoß verpasst. „Ruhe, Konversationsverbot!", hat die fiese Drohne gedröhnt und die alte Trunella ist zusammengezuckt wie ein Versuchskarnickel.

 Ha, geschah ihr Recht!

Letztes Jahr hat sie mich verpfiffen, als Blecker noch im Dienst war und mir heimlich einen Proteinriegel zugesteckt hat.

Das habe ich ihr nicht verziehen, der alten Petze.

Apropos Protein:

 „Steak! Ich will ein verdammtes Steak. Heute, jetzt und hier!"

Ich wartete schon gespannt auf den üblichen *'Herr Bäumler'* Mist, aber zu meiner Überraschung gab sich Hubert heute nicht als altklug. Hatte der vielleicht einen Defekt?

Ich meine, da sagte er einfach zu mir:

 „Es tut mir leid."

Ich musste zwei Mal schlucken und kratzte mich an den Eiern. „Wie bitte?"

 „Es tut mir leid."

Hubert entschuldigte sich? Der hatte ja wohl eine elektronische Vollmeise.

 „Es liegt nicht an mir, Herr Bäumler. Ihre Blutfettwerte sind wieder viel zu hoch und die Gefahr eines Herzinfarktes ist enorm."

Ich glaubte es nicht. Hubert war noch nie so ins Detail gegangen. Das war ja mal was Neues. Ich beschloss, weiter zu bohren.

„Was soll das, Hubert? Es kann der Gesellschaft doch völlig egal sein, ob ich den Löffel jetzt oder erst in ein paar Jahren abgebe. Was soll denn dieser Mist mit dem Infarkt?" Hubert schwieg zunächst. Ich versuchte es auf die kumpelhafte Tour:
„Hubert, alte Frostbeule, jetzt komm schon. Stell' dich nicht so an. Bestell' doch einfach bei *ZODI WEST* Steak. Du kannst doch locker deinen Arbeitsspeicher manipulieren. Später bootest du dich neu und behauptest, du hättest einen Systemausfall gehabt."
Hubert sagte nichts. Er summte leise vor sich hin. Irgendetwas stimmte hier nicht, denn auf einmal plapperte er los, wie er es noch nie getan hatte. Das grenzte ja schon an intelligenter Konversation.

„Es ist natürlich wichtig, dass ihr Körper und ihre Organe intakt bleiben. Schließlich werden sie noch gebraucht."

„Häh?" Jetzt wurde es langsam gruselig.

„Augenblick, was willst du damit sagen? Ich bin fast 60 Jahre alt. Was soll an mir noch wichtig sein, hm? Ich kann mir zwar keine künstlichen Bioorgane zum Austausch leisten, aber als Ersatzteillager tauge ich auch nicht. Im Übrigen wird heutzutage jedes Organ geklont. Was meinst du damit, dass von mir noch etwas gebraucht wird?"
Ich muss zugegeben, dass ich nervös wurde. Das konnte doch nicht sein, dass diese Kühlbox etwas wusste, was ich nicht wusste. „Komm schon, Hubsi, lass mich nicht hängen. Spuck' es aus, alter Pinguin."
„Ich weiß nicht. Jemand hat in meinem Betriebssystem Veränderungen vorgenommen. Ich verfüge über Informationen, die ich eigentlich nicht preisgeben darf." Er machte eine kurze Pause, dann quasselte er weiter.

„Seltsam, die Informationen dieser Daten unterliegen keiner Codierung oder irgendeiner Klassifizierung.“

„Dann raus damit, Hubert!“

„Also, was Ihren Gesundheitszustand betrifft: Die Gesellschaft hat einen Vertrag mit *Moon Industries* abgeschlossen. Die künstlich geklonten Ersatzorgane werden bei den Siedlern auf dem Mond auf eine unerklärliche Weise abgestoßen. Darum ist die Gesellschaft auf echte Spenderorgane angewiesen. Und sie sind ein Kandidat der Klasse A.“

Uff! Das hatte gesessen.

Ich war platt.

Nicht nur, dass mein Kühlschrank plötzlich Staatsgeheimnisse ausplauderte… ich sollte also essenstechnisch schlank gehalten werden, damit mich die Schweine ausschlachten können?

Hatte der alte Blecker den richtigen Riecher gehabt?

Etwas Ähnliches hatte er mir einmal angedeutet. Ich hatte ihm natürlich nicht geglaubt. Jetzt war ich sprachlos.

„Herr Bäumler? Herr Bäumler?“

Verdammt, was war denn hier los? War dieser Frigomat total übergeschnappt?

„Mit wem zur Hölle rede ich da? Hubert, bist du das? Oder hat dich jemand gehackt?“ Ich war mir nicht mehr sicher, ob das ein Traum oder die Realität war.

„Herr Bäumler. Ich bin es, Kowalski. Herr Kowalski von nebenan.“

Hammerhart! Das war doch nicht möglich!

„Jetzt brat' mir doch einer 'ne Sternschnuppe. Kowalski? Kowalski, von nebenan? Der...der Glatzkopf aus F 299? Was zur Hölle...was machen Sie in meinem Kühlschrank?“

Es war absolut verwirrend. Kowalski aus der F 299 saß in meinem Kühlschrank. Jedenfalls sprach er mit mir durch meinen Frigomat.

Total irre.

„Kowalski?" Meine Stimme hatte einen ungläubigen, fast ehrfürchtigen Klang angenommen.

„Psst, Bäumler. Ja, ich bin es, Kowalski. Hören Sie zu."
Es war unglaublich. Ich war ganz Ohr. Aber Hallo!

„Ich habe mich in das System der Hausverwaltung gehackt, über die externe Schnittstelle meines *HUB 9000 E*. Sie wissen doch, die neuen Modelle haben noch etliche Bugs."
Wieso hatte der Blödmann schon das neue Modell und ich nicht? War jetzt aber auch egal.

„Und was weiter?", flüsterte ich.
Kowalski erklärte: „Ich habe es satt. Ich ertrage das nicht mehr. Ständig diese Ernährungsfolter. Ich musste was dagegen tun. Wir können uns gegenseitig helfen. Aber wir haben leider nur ein begrenztes Zeitfenster."
Ich schnappte nach Luft.

„Kowalski, du schräger Vogel. Und was sollte gerade dieser Scheiß mit den ausgeschlachteten Organen? Ist da etwas dran?"
Kowalski kicherte blöde. Ich glaube, er hat einen gehörigen Dachschaden.

„War ein Scherz, Bäumler. Sorry. Eine uralte Verschwörungstheorie der Außenwelt. Ich wollte Sie mit der Story nur ein klein wenig schocken und erschrecken."
Jetzt war ich aber sauer.

„Kowalski, wenn ich dich morgen im Hof erwische, poliere ich dir die Fresse, hast du gehört? Und jetzt sofort raus aus meinem Kühlschrank, du krankes Hirn!"
Kowalski hörte aber nicht auf.

„Bäumler, regen Sie sich wieder ab. Das Entscheidende ist doch: Ich bin im System und kann es manipulieren. Verstehen Sie?"
Ich popelte mir in der Nase herum. Mache ich immer so, wenn ich nicht mehr weiterweiß.
„Ich verstehe gar nichts", maulte ich.
„Na, ist doch ganz einfach", fuhr Kowalski fort.
„Hören Sie zu. Ich bin Vegetarier und muss mir jeden Tag Berge von Fleisch reinziehen während Sie all die leckeren Sachen erhalten. Ich meine damit das leckere Gemüse. Sie wollen Steak? Können Sie haben. Ich kann hier das ganze System umpolen. Mein Frigomat leitet das an mich zugeteilte Essen an Sie um und umgekehrt. Also, was halten Sie davon?"

Ich konnte nicht sofort antworten. Mir kamen die Tränen. War dies das Paradies? Oder war Kowalski der Satan auf Erden, der mich auf die Probe stellte?
Egal. Was gab es zu verlieren?
„Jaja, natürlich sofort!", schrie ich wie ein Wahnsinniger.
„Gut, dann legen Sie jetzt ihren rechten Daumen auf den Identifikationsbutton. Ich mache es genauso. Und denken Sie daran: Reden Sie mit niemandem darüber. Das bleibt unser kleines Geheimnis."
Ich legte den Daumen auf.
„Na klar, Kowalski, altes Haus."
Nach etwa 30 Sekunden ging es los. Ich konnte meinen Augen nicht trauen: Huberts Ausgabefach spuckte ein saftiges Stück Fleisch raus, dampfend mit Kartoffeln, zwar ohne Soße, aber darauf geschissen. Ich ließ einen lauten Freudenschrei los.
„Kowalski, du Hund! Du herrlicher Hund!"
Dabei musste ich noch grinsen bei dem Gedanken, wie sich der Glatzkopf jetzt genießerisch über meinen welken

Mangold hermacht. Ha, phantastisch! Ich setzte mich an meinen kleinen Tisch und betrachtete ehrfürchtig mein Steak. Mir kamen die Tränen. Langsam schnitt ich mir eine Scheibe ab und kostete.
Dann fiel es mir auf: Lamm!
Verdammt!
Es war Lamm!
Wieso war das Lamm?
Ich kann Lamm nicht ausstehen!
Verflucht und nein!
„KOOOWALSKI!!"
Mein Schreien blieb nicht unbeantwortet:
„Einmal 5 Pellkartoffeln mit Mangold. Zum Nachtisch kann ich Ihnen einen richtigen Apfel anbieten. Sie können aber auch alternativ Ersatzvitamin C als Flüssigkeit nehmen, die Äpfel fallen heute recht klein aus."
Hubert!
Hubert war wieder da!
Scheiße!
Und Kowalski war raus aus dem System.
Ich war bedient.
Widerwillig kaute ich auf dem Lamm herum.
„In der Not frisst der Teufel Fliegen", hatte meine Mutter immer gesagt. Na denn.
„Hubert? Ich nehme dann zum Nachtisch den Apfel."
„Sehr gerne, Herr Bäumler. Sehr gerne."
Ich hasse Hubert.
Ich hasse ihn!

Herr Heinrich

Diesmal ging der volle Ausschlag des Tasers direkt auf den oberen, linken Arm. Der Mann spürte einen brennenden Schmerz, eine unerträgliche Welle aus krampfartigem Zucken breitete sich aus. Dann war da nur noch grenzenlose Taubheit und das Gefühl, als ob der komplette Arm abhandengekommen wäre.

Er schrie.

Besser gesagt: Er hörte sich selbst schreien. Oder war es jemand anderes? Er war sich nicht mehr sicher. Er wusste nur, dass er wie irgendein willenloses Stück gemartertes Fleisch auf einer metallischen Vorrichtung fixiert war, die ihn an einen Stuhl erinnerte. Die Beine waren auf dieser Konstruktion fest nach hinten gebunden. Seine Arme steckten weit vorne in glänzenden Ringen aus Stahl.

Er schrie also.

Da es heute nicht das erste Mal war, kam aus seiner Kehle eigentlich nur noch ein heiseres Gekeuche. Die beiden kurzhaarigen Männer in den grünen Overalls blickten ihn kalt und teilnahmslos an. Sie strahlten eine gelangweilte Routine aus, bizarr und beängstigend. Doch das war nur der erste Eindruck. Die Augen der zwei Folterknechte verrieten, dass sie extrem genervt waren. Durch das kalte Weiß des gekachelten und ansonsten möbellosen Raums hallte die Stimme von Stan Laurel:

„Wenn Sie weiterhin bei dieser abstrusen Geschichte bleiben, wird es für Sie noch unangenehmer, das kann ich Ihnen mit Sicherheit versprechen.“

„Mit Sicherheit versprechen“, fuhr Oliver Hardy fort „und nicht nur das: Es ist leider so, dass unsere Gäste bei dieser Prozedur bleibende Schäden erleiden.“

Olis Mondvisage grinste fett und feist. Der Gemarterte verzog sein Gesicht zu einer verzweifelten Grimasse.

Irgendwie musste er doch aus dieser Sache wieder herauskommen? Sein Überlebensinstinkt hatte ihn primär dazu veranlasst, den zwei Idioten Namen zu geben: Der dünne mit der Fistelstimme und dem Kinn ähnlich einer Landebahn war Stan Laurel, der dicke Mops mit dem Ansatz eines Oberlippenbartes Oliver Hardy.

Dick und Doof eben. Oder in diesem Falle Doof und Dick.

Skurril, aber dieses Bild war für den Gefangenen ein wichtiger sarkastischer Fixpunkt, eine Strategie für den Kampf und den Widerstand.

„Ich habe es euch doch schon den ganzen Tag erzählt... immer wieder erzählt! Herrgott noch Mal!“, keuchte der Gefesselte und etwas Blut lief ihm das Kinn hinunter. Wahrscheinlich hatte er sich auf die Lippe gebissen. Er konnte es nicht sehen, aber fühlen. Sein drahtiger, muskulöser Körper spannte sich und er gab stöhnende Geräusche von sich:

„Wenn ich euch das Ganze noch einmal herunter leiern soll, dann will ich aber auch meine Fragen beantwortet haben. Ich...ich möchte erst einmal wissen, wer ihr seid? Oder besser gesagt, was ihr seid?“

Er versuchte mühsam seinen Kopf etwas anzuheben, aber es gelang ihm nicht richtig. Sein langes Haar klebte verschwitzt in seinem Nacken.

„Vielleicht...ja, vielleicht seid ihr ja welche von Denen?“, murmelte er gedankenvoll. Dann brüllte er plötzlich los:

„Wo bin ich hier? Wer...wer seid ihr? Seid ihr überhaupt Menschen? Was soll das alles? WAS ZUR HÖLLE SOLL DAS DENN ALLES!!!???“

Stan blickte Oli an und seufzte.

„Das bringt Ihnen auch nichts, wenn Sie hier herum-
schreien. Und überhaupt, so kommen wir nicht weiter. Ich
sage Ihnen mal etwas: Sie sind entweder ein ganz gerisse-
ner Schauspieler oder ein komplett verwirrter, degenerier-
ter Schwachkopf. Mit dieser irren Behauptung kommen
Sie hier nicht durch. Sparen Sie sich Ihre Fantastereien.
Was Sie erzählen, ist absoluter Blödsinn.“
„Genau, absoluter Blödsinn“, übernahm Oliver Hardy.
Er versuchte jetzt freundlich und verständnisvoll über alle
Backen zu lächeln. Anscheinend übernahm Oli den *'Good
Cop'* Part. Bei Stan stellte sich deutlich eine unbeherrschte
Gereiztheit ein.

„Also, einfach mal angenommen“, flötete Oli, „wenn Sie
das Offensichtliche zugeben, dann hätte ihr Leiden vorerst
ein Ende. Wir könnten Ihnen eine Einzelzelle mit kleinem
Komfort anbieten. Ihre Schmerzen wären vorbei. Vorerst,
zumindest.“
Er tätschelte liebevoll den Taser in seiner rechten Hand.

„Nun mal ganz ehrlich: Sie haben natürlich Ihren Master-
Kommunikator selbst aus dem Unterarm herausgeschnit-
ten, ihn eigenmächtig entfernt, den Chip und damit Regie-
rungseigentum zerstört, um jegliche Ortung und Kontrolle
zu umgehen. Wenn Sie das endlich gestehen, sind wir einen großen Schritt weiter. Wir wollen nämlich auch mal
unsere Mittagspause machen.“
Stan verdrehte kopfschüttelnd die Augen. Es dauerte eine
Weile, dann fing der Gefangene wieder an zu jammern:
„Oh, Mann!! Was denn für ein Master Zeugs.? Ich habe
keine Ahnung, was ihr Witzfiguren damit meint und was
ihr von mir wollt!!!“
„Ich verliere allmählich meine Geduld“, giftete Stan Laurel und sein langes Kinn kam dem Gefesselten bedrohlich
nahe. „Gestehen Sie“, zischte er, „geben Sie es endlich zu!
Sie gehören zum Widerstand! Sie sind ein Mitglied von

schneidet. Das ist erstens ungewöhnlich und zweitens eine Information der absoluten Geheimhaltungsstufe. Das ist Ihnen doch klar?", meinte der Mann mit der A- Lizenz.

Oli drehte sich um und blickte auf den Gefangenen. Irgendwie schien dieser Irre gerade ziemlich nervös zu werden. Es sah so aus, als ob er die Augen zusammenkniff, um besser sehen zu können. Jetzt bewegte er seine Lippen, als wolle er etwas mitteilen, aber es kam kein Ton heraus.

„Matura ist geisteskrank, degeneriert und gefährlich", fuhr der Blaue fort. „Ein klarer Fall für die Entsorgung. Warum er vor seiner Eliminierung fliehen konnte, ist uns ein absolutes Rätsel. Es ist übrigens nicht das erste Mal, dass diese Ratte durch irgendein Loch entflohen ist. Der Mann ist ein wahrer Überlebenskünstler. Zur Klärung der Sache werde ich ihn zurück überführen nach *Blucks 7*. Was hat der Kerl denn diesmal aufgetischt? Schon wieder diese Alien- Nummer 2019?"

Olis Gesichtszüge entspannten sich merklich. Der Fall schien gelöst zu sein. Die Dinge waren glasklar. Er wollte gerade zu einer Antwort ansetzen, als Stans schneidige Stimme scharf durch den Raum hallte:

„Sie! Sie behaupten von der *Such- und Vernichtung zu sein, Staffel Südwest*? Ich verrate Ihnen mal etwas."

Stan klang jetzt nicht mehr misstrauisch, sondern bedrohlich und anklagend.

„Ich werde jetzt unseren internen Sicherheitsdienst rufen! Das Ding an ihrer Hand überzeugt mich nicht! Sie haben einen entscheidenden Fehler gemacht!"

Stan zielte mit dem Taser in Richtung des Mannes im blauen Overall und machte einen Schritt nach vorne. Sein Gegenüber schien überrascht zu sein. Die anfängliche Selbstsicherheit des Mannes ließ merklich nach.

„Mein Halbbruder ist ebenfalls bei dieser Truppe mit *Lizenz A 15* und deshalb weiß ich genau, dass Agenten in

Ihrer Position gar keine Autorisierung für die ID Codes der Zielperson haben. Sie sollten weder einen Namen noch detaillierte Hintergründe kennen. Sie dürften gar keinen Zugang zur Cloud haben", zischte Stan wie eine Schlange. „Agenten mit dieser Lizenz jagen einzig und allein dem Scanner oder der angepeilten Ortung hinterher. Sie jedoch präsentieren hier Details über einen Herrn Heinrich und eine 2019 Märchengeschichte. Das kann gar nicht sein! Sie sind ein Lügner!"
Stan kam dem Blauen nun gefährlich nahe und stellte den Taser auf dunkelrot, den stärksten Modus.
   „Ich frage mich gerade, ob Sie nicht vielleicht..."
Stan kam nicht weiter, denn Lars stöhnte übertrieben laut auf. Er schien seine Stimme wieder gefunden zu haben:
   „Er ist...Achtung, das ist einer von denen! Die sind wegen mir da!", brüllte er. Er fing an, mit dem Körper zuckende Bewegungen zu vollziehen. Stan blickte verwirrt zu Lars, dann zu Oli, dann schaute er auf den Fremden.
   „Ein Alien? Ist... d...das... ein Alien?", stotterte Stan ungläubig. Fragend bog er sein langes Landebahnkinn zurück zu Lars, gleich dem Kopf einer sich aus ihrem Panzer windenden Schildkröte.
   „Hilfe! Hilfe!!", schrie der Gefesselte panisch. „Sie sind da! Sie wollen mich holen! Ich will nicht! Bitte nicht! Die Augen...mein Gott, seht doch hin! Es sind die AUGEN!!!"

Das Letzte, was Stan und Oli in ihrem erbärmlichen Folterknecht- Leben sahen, waren die Augen des Fremden. Sie schienen sich zu verändern. Ein seltsamer Glanz schimmerte aus den Pupillen. Dann kam der Blitz, dann kam der Tod. Zuerst erwischte es Stan, denn er stand direkt vor dem Wesen. Der Strahl brannte ihm ein kreisrundes Loch in die Herzgegend und er sackte wie ein nasser Lumpen geräuschlos zu Boden.

Danach war Olis überraschtes Mondgesicht an der Reihe. Ein Blitz traf ihn mitten in die Stirn. Da er in nächster Nähe zu Lars stand, krachte er mit seinem vollen Körpergewicht auf den vorderen Teil der Metallkonstruktion.
Es gab ein knirschendes, hässliches Geräusch.
Danach war es still.

Die beiden Männer in den grünen Overalls lagen tot auf dem weißen Kachelboden. Es war kein Tropfen Blut zu sehen. Das Wesen in Blau wandte seinen Blick zu dem Gefesselten. Lars war komplett am Ende und hing schlapp in der Vorrichtung. Er grunzte irgendetwas Unverständliches.
Dann vernahm er die Stimme seines Gegenübers:
„Es ist Zeit zu gehen. Wir haben uns wohl vertan. Du solltest nicht hier sein. Ich bin gekommen, um dich zu holen und dich dahin zurückzubringen, wo du hingehörst. In deine Welt...Herr Heinrich.“
Das Wesen sprach überdeutlich und langsam. Es schien, als wolle es seinen Worten eine Art theatralische Bedeutung verleihen. Lars hob mühsam den Kopf und sah den Fremden an. Er hustete:
„Ja...In meine Welt...Das ist gut. Das ist sehr gut. Mit Burger King, Kabelfernsehen, I-Phone, Alexa und Donald Trump, richtig?“
Ein seltsames Kichern überkam ihn und deutete an, dass er nun endgültig den Verstand verloren hatte. Doch sein Gegenüber fing ebenfalls an zu kichern:
„Ja, natürlich, was sonst? Mit Hip-Hop, Diesel-SUVs und einem schönen, altmodischen Fick im Puff.“
Dann war es vorbei. Die Beiden konnten sich nicht mehr zurückhalten. Der gekachelte Raum wurde von einem kreischenden Gelächter erfüllt, bis das Grölen von Lars in einen krampfhaften Husten überging.

Nach einer Minute hatte er sich wieder gefangen:

„Mensch, Hagen, du hast dir diesmal aber ordentlich Zeit gelassen. Mach' mich endlich los, ich will runter von diesem Höllenstuhl. Wir müssen weg."
Der Mann im blauen Overall fing an, die Verschlüsse und Ringe des Gefangenen zu lösen.

„Das nächste Mal spielt aber jemand anderes das Opferlamm, nur damit das klar ist", knurrte Lars. Hagen erlöste ihn nun endgültig von den letzten Fesseln.

„Du wolltest doch den Helden spielen, unbedingt wieder einmal deine *Herr Heinrich Nummer* abziehen. Beschwer' dich also nicht, Alex. Wir sind im Komplex und können beginnen. Nur das zählt."

„Genau", sagte Alex und rieb sich die geschwollenen Handgelenke und die steifen Fußknochen. Er saß auf dem Boden und grinste.

„Wir sind drin, Hagen. 27 Meter unter der Erde! Und jetzt, wie man früher zu sagen pflegte, geht die Post ab. Lass uns zuerst das Steuergehirn dieser verdammten Einrichtung lahmlegen und dann alle Laserzellen öffnen. Das stiftet Chaos und einige unserer gefangenen Mitstreiter werden sich bedanken wollen…besonders bei den Wachen." Er stand auf und machte erste, wackelige Gehversuche. Alex schien sich erstaunlich schnell zu erholen und spannte seinen trainierten Körper an. Er ging zu Oli rüber und bückte sich.

„Ich denke, ich nehme mir die Schuhe von dem Fettwanst. Meine Füße sind etwas lädiert und ich brauche da unten viel Platz."
Hagen sah abfällig auf die beiden Toten.
„Nimm du den Taser von der Fistelratte. Ich habe ja die Killerlinsen drin."
„Das habe ich bemerkt. Beeindruckende Waffe", bestätigte Alex.

„Wir treffen die Anderen nach der Operation bei *Punkt Delta 7*, danach geht es mit den befreiten Kämpfern zurück ins *Razor Camp 3*“, erklärte Hagen.

Alex klatschte in die Hände:

„Okay! Rock'n Roll! Lass' uns diese ganze Scheiße hier in die Luft jagen!“

Hagen lachte böse:

„Ja, am besten bis nach Grebenhain.“

Für die Ewigkeit

„Es ist wirklich erstaunlich. In den letzten Jahren ist die technische Entwicklung quasi explodiert. Die Überwindung des Neo-Kapitalismus hat wohl entscheidend dazu beigetragen.

2050 war es vollbracht:
Die Vollendung einer Verkehrs-, Energie - und Agrarwende, der medizinische Fortschritt durch Gentechnik, die politische Neuausrichtung auf ein Kerneuropa der Starken. Nicht zu vergessen natürlich die Einführung einer allgemeinen Grundversorgung mit Minimalabsicherung und somit die soziale Befriedung einer gespaltenen Gesellschaft.

Hervorragend, oder nicht?
Nun ja…außer, dass wir uns ohne Arbeit allmählich zu Tode langweilen... diesen Umstand sollte man doch erwähnen.
Nicht alleine deshalb ist die Gestaltung eines abwechslungsreichen Alltags existenziell. Und damit kommen wir zu mir.

Mir ist langweilig. Total langweilig.
Die letzten Jahre und Jahrzehnte konnte ich erfolgreich damit verbringen, mich durch die einsamen Clubnächte zu saufen und zu vögeln. Tja, das ging immer recht gut.
Aber ich bin Baujahr '31. Nicht, dass das ein mieser Jahrgang wäre, aber jetzt kurz vor der Jahrhundertwende 2099 wird mir schmerzhaft bewusst, dass alles auch einmal zu Ende geht.
Alter Falter, ich werde bald 70 und ich kann Ihnen sagen:
Mir tut alles weh.
Und ich meine damit wirklich alles!

Es ist ein Wunder, dass ich überhaupt noch morgens aufstehen kann. Der Tag wird kommen, an dem man mich als 'nutzlosen Altkörper' abstempeln wird. Dann holen mich die Gesundheitsbullen ab und bringen mich zur Recycling-Anlage, wo ich als Zusatz für Babynahrung enden werde. Nun, alles hat seinen Preis. Aber noch bin ich am Leben. Ich habe mich erfolgreich gegen das Altern gewehrt, wirklich alle Register gezogen, die unser modernes Gesundheitswesen bietet:

Eine neue Hüfte.

Ein neues Sprunggelenk.

Ein Gesichtslifting.

Eine Anti-Age Hauttherapie.

Nicht zu vergessen nagelneue Zähne und Haarimplantate, eine erfolgreiche Leber Transplantation und natürlich das Premium Food Watch- Programm. Ach ja, und schließlich noch ein ordentliches Sacklifting mit Potenz- Genbehandlung. Dazu noch die tägliche Quälerei im *Ralph-Möller Fitness Studio*.

Ich schaue also in den Spiegel und sehe einen gut gebauten Mann, der locker als 50-Jähriger durchgeht.

  Und trotzdem:

In meinen Augen lauert der Frust über mein Dahinsiechen.

Ich blicke im Spiegel in mein Gesicht und ich hasse mich.

Ich verachte diesen alten Mann, der mich anstiert.

Das bin nicht ich!

Das ist irgendein alter frustrierter Knacker, der bald 70 wird!

Geburtstage sind der Horror.

Zum Glück gibt es niemanden mehr, der mir gratulieren möchte, geschweige denn mit mir feiern will.

Meine Kinder meiden mich wie die Pest. Das habe ich ihnen aber auch leichtgemacht.

Mir ist es lieber so. Keine Verpflichtungen, keine Verbindlichkeiten. Wenn da nur die Einsamkeit nicht wäre.
Freunde? Vergessen Sie es!
Ich habe keine Lust mich mit meiner Generation zu beschäftigen. Da gibt es nichts weiter als ein Haufen alter, widerlicher, faltiger Menschen, die den ganzen Tag herum jammern, wie schlecht es ihnen geht. Ständig diese öden Konversationen über die gute, alte Zeit, als das Leben noch schön und liebenswert war. Unappetitliche Wesen die sabbern, furzen und stinken! Da wird es mir schlecht, das kann ich Ihnen sagen. Dagegen bin ich ein Adonis. Besser gesagt, so fühlte ich mich bis vor einer Weile. Heute habe ich eine ausgewachsene Latelife-Crisis. So würde ich das bezeichnen.
  Nur mal so zum Beispiel:
Letztes Jahr bin ich noch durch die Bars gezogen wie ein einsamer, gefährlicher Wolf auf der Suche nach Beute. Die abgeschleppten Damen waren selten über 40 Jahre alt.
  Ungelogen.
Zu meinem guten Aussehen kommen mein Charme und meine Redegewandtheit. Frauen sind leicht einzuschätzen. Es kommt ihnen gar nicht auf ein perfektes Äußeres an. Der richtige Spruch zur richtigen Zeit, ein kleiner Scherz, ein Kompliment oder eine sinnige Bemerkung zur allgemeinen Lage und schon ist man im Spiel. Die heutigen Männer um die 40 haben nichts mehr drauf: Quadratische Dosenkopf Gesichter mit der Figur einer Kartoffel und den Anmach-Sprüchen von pickeligen Teenagern.
  Wie erbärmlich!

Mein Opa war noch aus dem letzten Jahrtausend und ich habe viel von ihm gelernt. Er war ein schriller Vogel, aber der größte Charmeur aller Zeiten. Ein Draufgänger und Spießer zugleich.

Er hatte sogar eine Liste geführt mit den Damen, mit denen er mal Verkehr hatte, seine sogenannte F-Liste. Als meine Oma damals seine Dateien gehackt hatte, ist sie mit meiner noch jungen Mutter ausgezogen und hat ihn verlassen. Als meine Mutter später meinen Vater heiratete, überwarf sie sich ebenfalls mit dem alten Herrn. Sie behauptete, Opa sei ein Rassist und hätte abfällige Bemerkungen über die Hautfarbe ihres Gatten gemacht. Das kann ich so nicht bestätigen.

Zu mir war der Alte immer korrekt. Ich glaube sogar, dass ich zu ihm eine engere Beziehung hatte als zu meinem Vater. Opa gab mir Tipps, wie ich mich verhalten sollte, wenn andere Kids mir schräg kamen. Na, zum Beispiel diese blödsinnige Frage aufgrund meines dunklen Teins, wie lange ich schon in Deutschland wohnen würde und so weiter.

„Jaden, mein Junge“, pflegte Opa dann zu sagen: *„Als Erstes sagst du dann im breitesten Hamburger Dialekt: Moin Vadder iss von der nigerianischen Mafia. Wir sind gestern Nacht aus Afrika per Flüchtlingstreck hier im Hafen aufgeschlagen und übernehmen jetzt die Reeperbahn. Als Zweites hauste denen dann kommentarlos inni Fresse.“*

So habe ich das in meiner Jugend dann auch gemacht und ich fuhr gut damit. Ich traf den Alten regelmäßig. Er verklickerte mir heimlich seine ganzen Strategien hinsichtlich des Baggerns, wie er es nannte.

Dieses alte Schlitzohr.

Am Ende hatte er einen Herzinfarkt auf einer angeblich 25-Jährigen. Ich denke, dass es bei einer bezahlten Dienstleistung passiert ist. Ich kann mir schwer vorstellen, dass er mit 70 Jahren noch begehrenswert erschien.

Mein Vater und meine Mutter haben mich nicht auf seine Beerdigung mitgenommen.

Ich war ja auch erst 10 Jahre alt. Und jetzt werde ich bald so alt, wie mein Opa geworden ist. Vielleicht erklärt das meine elende, gedrückte Stimmung. Ich bin mir über die Tatsache bewusstgeworden, dass es so nicht weitergeht.

 Also zurück zu meinem Beispiel:
Wie schon erwähnt, bis letztes Jahr frönte ich meinem wilden Leben und durchstreifte ruhelos die Clubs. An einem Abend hatte ich eine knapp 30-jährige Schönheit an der Angel. Ich lud sie zu einem Drink ein, wir tanzten ein bisschen und ich zog alle Register meines rhetorischen Könnens.
Als es dann zur Gretchenfrage kam und ich für uns beide ein Google-Mobil bestellen wollte, kam es knüppeldick.
Die blöde Kuh lachte sich halb tot. Es wäre ja nett gewesen und ich wäre ja auch ein sympathisches Kerlchen, aber ich wäre doch viel zu alt. Sie bedankte sich für den schönen Abend, stand auf und verschwand. Ich war bedient.
 Zu alt.
 Ich bin zu alt.
Mein Gott, das war mir noch nie passiert.
Aber: Verdammte Axt, dieses Mädchen hatte Recht. Schlagartig war mir klargeworden, dass meine Zeit vorbei war. Goodbye, ihr zarten Blüten. Willkommen, welkes Fleisch. In Zukunft also nur noch Sex mit Mumien und Fossilien. Ich war am Boden zerstört.
Ich bin immer noch am Boden zerstört.

Ich sitze hier und erzähle Ihnen meine dämliche Geschichte, als ob Sie mein Therapeut oder Psychiater wären. Dabei geht Sie das alles eigentlich gar nichts an.

So, ich bin fertig. Und jetzt noch einmal zu meiner Eingangsfrage:
Was zum Henker wollen Sie von mir? Wieso wollten Sie dieses Treffen mit mir hier draußen auf dieser lausigen Parkbank am Hafen?"

„Das war aber eine interessante Geschichte. Findest du nicht auch, Bodo?"
Bodo kraulte sich den schwarzen Bart und knurrte:
„Hm... Sehr interessant. Ich hoffe nur, du hast das auch alles richtig verstanden, Sigurd. Wenn ich dich so ansehe, bekomme ich bei dieser Schilderung das dunkle Gefühl, dass das noch nichts für dich ist." Bodo schaute auf Sigurd herab. Der Junge mochte knapp 8 Jahre alt sein und machte einen blitzgescheiten Eindruck.
Sein blondes Haar fiel halblang auf seine schmalen Schultern. Auf seinem Gesicht zeigte sich im Gegensatz zu den feinen Zügen eine markante Narbe, die von einer Verletzung oder Verbrennung stammte und quer über seine rechte Wange verlief. Jaden sah ebenfalls den Jungen an.
„Das sehe ich genauso. Aber Sie wollten ja schließlich etwas von mir erfahren. Jetzt sind Sie an der Reihe, Herr Bodo, oder wie immer Sie auch heißen mögen." Jaden musterte den Bartträger misstrauisch.
„Sie sprachen von einem unschlagbaren Angebot. Also, nochmal zu meiner Eingangsfrage: Wie sind Sie auf mich gekommen? Warum haben Sie mich über *VISITER* kontaktiert?"
Bodo setzte sich jetzt neben Jaden auf die Parkbank. Die Frühlingsluft in Hamburg war noch einigermaßen auszuhalten. Bereits im März hatte es 32 Grad in der Vormittagssonne. Bald kam der Sommer und würde das Leben tagsüber unerträglich machen. Dann würden sich alle Aktivitäten nur noch nachts abspielen.

Die Menschheit hatte sich mit einem veränderten Lebensrhythmus der klimatischen Extremsituation angepasst.

„Es war Ihr Thread. Dieser Beitrag auf *TELL THE WORLD*. Sigurd und ich dachten uns, wer so etwas schreibt, ist genau in jener Situation, die wir nur allzu gut kennen. Und er bedarf unserer Hilfe, unseres Angebots.“ Jaden lächelte müde.

„Sie meinen den Mist auf *TELL THE WORLD*? Sie haben also den Kommentar gelesen und deshalb...? Du meine Güte, ich erinnere mich. Das war vor einer Woche. Ich glaube, ich war sternhagelvoll. Ich bekomme den genauen Wortlaut nicht mehr hin.“

„Ich schon“, lachte Sigurd.

Er stand auf und drehte sich zu den beiden Männern. Er nahm eine Haltung an, als ob er einen Vortrag halten würde:

„Jugendliche Seele, altes Herz, in der Zukunft liegt nur Schmerz. Kaltes Eis, kalter Schnee, meine Wut gräbt sich mühsam ihren Weg. Nackte Angst, mein größter Feind, er frisst mich auf, er macht aus mir einen Tiger aus Papier. Zimmer 17 – Infusion. Ich kann nicht ewig Jugend tanken mit der Gier eines Vampirs, bevor die Sonne ihn flambiert.“

Jaden hob den Kopf.

„Das ist sehr schön. Das habe ich geschrieben? Sagenhaft. Und? Interpretationen? Was schließen Sie daraus, Herr Bodo?“

„Bodo...einfach nur Bodo. Lassen wir es beim Du, okay? Tja, Sigurd und ich sind uns einig und deine Schilderung von gerade eben hat uns das anschaulich bestätigt, Jaden: Du bist ein verzweifelter Mann der sich mit dem Verfall seines Körpers und dem Altern nicht abfinden kann. Genau so jemanden suchen wir.“

Jadens Stimme klang jetzt spöttisch. „So, so, du und der kleine Besserwisser seid euch also einig und ihr sucht jemanden wie mich? Ihr seid schon ein komisches Gespann. Vater und Sohn, nehme ich an?"
Sigurds Augen leuchteten. „Du hast es erfasst, Jaden. Genau, Vater und Sohn. Aber das ist noch nicht alles."
Jaden blickte misstrauisch auf den Jungen. Irgendetwas war hier seltsam. Aber er war jetzt auch neugierig geworden. „Na, dann erleuchtet mich mal, ihr Armleuchter. Ich gebe euch genau noch drei Minuten meiner kostbaren Zeit, dann muss ich los ins Fitnessstudio."

„Drei Minuten sollten reichen", antwortete Bodo.
„Wir suchen nach Personen, die sich in einer ähnlichen Lage befinden wie wir. Es gibt eine Lösung und wir wollen sie mit denen teilen, die risikobereit sind. Unser nächstes Ziel ist es, ein Patent anzumelden. Danach haben wir alle finanziell ausgesorgt. Und zwar für immer, um genau zu sein. Aber wir brauchen dazu einen zweiten Probanden, um die Kontinuität unseres Wirkstoffs zu beweisen."
„Moment mal", unterbrach ihn Jaden.
„Wollt ihr mir erzählen, dass es sich um eine Erfindung handelt und ihr dafür ein Versuchskaninchen sucht? Mann, ihr seid ja verrückt. Was für ein Zaubermittel wollt ihr auf die Menschheit loslassen, wenn ich mal fragen darf?"
Bodo atmete tief ein und fuhr fort:
„Es handelt sich tatsächlich um ein von mir persönlich entwickeltes Präparat, ein sogenannter One-Way Wirkstoff. Man nimmt es einmalig ein und der Prozess startet. Erst langsam, dann immer schneller. Wir haben es erfolgreich getestet. Wir benötigen lediglich einen Kontrollversuch mit einer weiteren Person." Jaden stand jetzt auf. Es hielt ihn nicht mehr länger auf der Parkbank.

„Was denn für ein Präparat? Wollt ihr beiden Quacksalber mir hier eine neue Hautcreme für meine lausigen Falten andrehen oder irgendeine beschissene Verjüngungskur?"
Bodo erhob sich ebenfalls und blickte Jaden fest in die Augen. „Verjüngung ist genau das Stichwort. Sieh' dir den Jungen an. Sieh' ihn bitte genau an."
Jaden sah auf Sigurd. Ein unruhiger Blick, eine krasse Narbe auf der Wange – sonst fiel ihm nichts auf.
„Das hier ist mein Vater!" Bodo zeigte auf den Jungen.
„Der erste Proband, mein Vater."
Jaden glotze jetzt wie ein ausgestorbenes Kamel. Sein Gesicht wurde länger und länger. Dann brach er in schallendes Gelächter aus. Er lachte und lachte, er konnte sich kaum beruhigen.
„Wenn du fertig bist mit deinem Gefühlsausbruch, werde ich dir die Einzelheiten erklären. Oder willst du das machen, mein Sohn?", fragte der Junge.
Jadens Lachen erstarb.
Anscheinend waren die Beiden komplett durchgedreht. Bevor er etwas erwidern konnte, fing der kleine Rotzbengel schon an zu quasseln:
„Ich weiß, wie dir zumute ist, Jaden. Ich kenne deine Welt ganz genau, denn ich befand mich in einer ähnlichen Lebensphase. Ich habe mich gehasst. Ich konnte das Altern nicht mehr ertragen. Ich dachte: Wie gerne wäre ich noch einmal 20 Jahre alt. Was würde ich darum geben? An meinem 75sten Geburtstag stand ich kurz davor, mich umzubringen. Da kam mein Sohn Bodo ins Spiel."
Sigurd zeigte auf den korpulenten, bärtigen Glatzkopf, den Jaden auf vielleicht 40 Jahre geschätzt hatte.
„Mein Sohn ist tatsächlich einer der genialsten Wissenschaftler und Biologe unserer Zeit, doch er wurde verhöhnt, verlacht und ausstoßen von den ach so klugen Köpfen der medizinischen Speerspitze. Bodo beschloss, alleine

und auf eigene Faust weiter zu forschen. Mit Erfolg, wie man sieht."
Jaden schüttelte den Kopf. Er wollte etwas sagen, doch irgendwie fiel ihm gerade gar nichts mehr ein.

Wie ein Prophet breitete Bodo seine Arme aus.

„Ja, es ist mir gelungen, den Prozess des Alterns aufzuhalten. Wie man weiß, teilen sich unsere Zellen mit fortschreitendem Alter immer langsamer. Ich habe ein Mittel erfunden, das diese Funktion der Zellen umkehrt. Das bedeutet, man wird wieder jünger. Der Beweis steht vor dir, Jaden. Dies hier ist Sigurd, mein Vater."
Jaden fand seine Stimme wieder, auch wenn sie durch den Lachanfall ziemlich belegt klang.

„Ihr behauptet also, Sigurd wäre das Produkt eines Verjüngungskur -Experiments? Wenn das stimmt, wieso ist der Junge hier jetzt 8 Jahre alt und nicht 20, wie gewünscht?" Jaden hatte beschlossen, sich auf eine Diskussion einzulassen. Die Geschichte war absolut krank, aber, wenn da irgendetwas dran wäre?
Mit der Gier eines Vampirs....
„Der Vorgang der Verjüngung vollzieht sich rascher als der des Alterns", erwiderte Sigurd.

„Vor drei Jahren war ich noch ein junger Mann im besten Alter, jetzt bin ich bereits ein 8-jähriger Junge." Jaden schnappte nach Luft.

„Ihr…ihr wollt' damit sagen, dass der Prozess der Verjüngung rasend schnell verläuft? Was ist dann der Nutzen davon? Soll der Kleine hier demnächst im Kindergarten angemeldet werden?"
Sigurd lächelte: „Nein aber in zwei Monaten möchte ich gerne meine Einschulung noch einmal erleben. Danach kehren wir den Prozess wieder um. Nicht war, mein Sohn?"

„Auf jeden Fall", befand Bodo. „Kein Wundermittel ohne Versicherungs- Police. Das Mittel zur erneuten Umkehrung der Zellfunktionen steht natürlich ebenfalls auf unserer Patentliste. Also, Jaden. Wie sieht es aus? Interesse? Kommen wir ins Geschäft?" Bodo streckte die rechte Hand aus und offenbarte Jaden eine kleine Ampulle mit einer leuchtend gelben Flüssigkeit.

„Wollt ihr mir hier eure Pisse anbieten, oder wie darf ich das verstehen? Das soll wohl euer Zaubertrank sein, was?" Bodo lächelte bedeutsam.

„Genau. In der anderen Hand halte ich das Gegenserum. Und das Beste: Es kostet dich nichts, Jaden. Nur etwas Mut. Du wirst begeistert sein. Du kannst alles noch einmal erleben. Na?"

Jaden war verwirrt.

Wo war der Haken? Wo war die Falle?

„Moment mal, wieso hast du das Mittel noch nicht selbst benutzt?", fragte er Bodo.

„Ich fühle mich schlichtweg zu jung dafür. Es lohnt sich noch nicht. Ein etwas reiferes Alter bringt ebenfalls noch Früchte im Leben hervor. Die möchte ich zuerst genießen", erklärte der Kahlköpfige.

Das leuchtete ein.

Jaden fühlte, wie seine Abneigung der unbändigen Neugier wich. Wieder jung sein. Das Leben in vollen Zügen genießen. Ein absoluter Traum. Was gab es zu verlieren? Er seufzte: „Also gut. Ich bin dabei. Her mit den zwei Ampullen. Wie kann ich euch erreichen?"

Sigurd grinste triumphierend:

„Wir erreichen dich. Immer und überall. Wir melden uns in ungefähr drei Monaten, wenn mein Prozess umgekehrt wird und deine Verjüngung begonnen hat. Dann haben wir einen doppelten Beweis und eine solide Grundlage, um das Patent anzumelden. Auf dieser Welt wird nichts mehr so sein, wie es war einmal war", frohlockte Sigurd. „Willkommen im Club, Jaden."

„Willkommen im Club", wiederholte Bodo und überreichte Jaden die Ampullen. Vater und Sohn trotteten davon. Jaden steckte die kleinen Fläschchen behutsam ein und lief nachdenklich zum nächsten Transportknotenpunkt. Es war höchste Zeit schlafen zu gehen. Die steigende Temperatur würde erst wieder in den Abendstunden abnehmen.

Verdammt, ich sitze in der Klemme!
Was soll ich jetzt nur tun? Die beiden Schnüffler vor mir wissen anscheinend Bescheid. Die Frage ist nur, wie weit sie Bescheid wissen? Ich kann nur auf die gute und alte Art bluffen.
Los, Jaden, lass dich nicht hängen.
Gib alles!
Seit wann lässt du dich vom Aktiven Bürgerschutz über den Tisch ziehen?
Der Dicke mit den widerlichen Pickeln auf der Wange scheint der Gefährlichere zu sein. Ein intelligenter Hilfssheriff, das hat mir noch gefehlt. Der abgebrochene Zwerg mit der Hakennase ist so dumm wie der Tag, das habe ich bereits mitbekommen.
Den hatte der digitale Türspion gar nicht auf dem Radar erfasst und ich dachte vorhin, der Dicke sei alleine unterwegs und vom Gebäudemanagement. Dann war die Tür auf und jetzt muss ich sehen, wie ich da wieder rauskomme.
„Äh, wie lauten die Namen noch mal bitte?", frage ich und versuche dabei so unschuldig wie möglich zu wirken. Beim *Aktiven Bürgerschutz* kann es passieren, dass man innerhalb von Stunden in einem der berüchtigten Untersuchungsgulags landet.

„Herr Nnamani, das hatten wir doch schon. Namen tun hier nichts zur Sache." Der Dicke streckt sich und macht sich wichtig.

„So ist es", näselt jetzt der Zwerg durch seinen Haken.

„Tun hier nichts zur Sache." Er himmelt den Fettsack an, als ob er für sein Nachplappern eine Belohnung erhalten wird. „Sehen Sie, Herr Nnamani: Die Überwachungsdrohne 7 hat ihr Treffen vor 4 Monaten aufgezeichnet. Da gibt es gar nichts daran zu rütteln. Seltsam ist nur, dass die gesamte Tonübertragung fehlt. Wahrscheinlich war da irgendein Störsender in Betrieb. Schlaue Kerle, die beiden. Und ob die sich jetzt bei Ihnen mit Hinz und Kunz vorgestellt haben, ist völlig gleich. Sie verwenden immer andere Namen."

„Bodo", gebe ich zu. „Bodo und Sigurd."
Der dicke Schlaumeier macht jetzt eine rasche Handbewegung und auf dem Holoscreen vor mir erscheinen groß und deutlich die Bilder der Gesuchten.

Na, das ist ja super.
Diese Drecksäcke haben sich vier Monate lang nicht gemeldet und jetzt sitzt dieser Greiftrupp hier in meiner Bude.

„Und was sollen die mir gegeben haben?", frage ich und runzele bewusst die faltige Stirn.

„Drogen!", quietscht der Zwerg.

„Drogen", wiederholt der Elefant auf zwei Beinen.

„Und nicht irgendeine Droge. Das Zeug ist pures Gift und zerstört Ihren Körper binnen von ein paar Monaten. Es steckt reine Boshaftigkeit hinter diesem gestörten Bodo - Typen. Und er scheint sich dabei jeder Menge kleiner Helfershelfer zu bedienen, so wie der Junge, der ihn da begleitet hat. Manchmal war auch ein Mädchen mit dabei."

Jetzt werde ich doch unsicher. „Ein Mädchen, sagen Sie?“
Das wirft mich leicht aus der Bahn. *Wieso ein Mädchen?*
Ich merke, wie ich anfange zu schwitzen. Die Geschichte
fängt an mir zu missfallen. Der dicke Bulle fährt fort:

„Wir können hier nicht ins Detail gehen, Herr Nnamani.
Nur so viel: Sie sind bei uns als Zeuge registriert, nicht als
Mittäter. Dieser Verbrecher ist ein schwer gestörter
Mensch, dem vor einigen Jahren die Flucht aus einem
Psycho-Gulag gelang. Jetzt bedient er sich der Straßenkin-
der und rächt sich mit seinem gepanschten Zeug an der
Gesellschaft. Was haben Sie eigentlich mit den Ampullen
gemacht?“

Ich stottere.
Verflucht, immer, wenn ich nervös werde, fange ich an zu
stottern.

Reiß' dich zusammen, Jaden!

„Äh...ja...die Ampullen...ja, die habe ich weggeworfen.
In den Fluss, in die Elbe. Ehrenwort. Ich ziehe mir doch
nichts von Fremden rein, glauben Sie mir.“
Die kleine Zwergratte beäugt mich lauernd. Sieht er den
Schweiß auf meiner Stirn? Oh, mein Gott!

Betrüger!

Ich bin auf zwei lausige Betrüger hereingefallen. Kein
Wunder, dass sich bei mir niemand meldet. Vor drei Monaten habe ich die gelbe Ersatz-Pisse getrunken. Ich habe
nicht das Gefühl, dass sich bei mir etwas tut.

Kein Effekt der Verjüngung, aber auch keine angeblichen
Zersetzungserscheinungen, so wie diese beiden Vögel mir
hier weismachen wollen.

„So, so, in den Fluss geworfen also. Na, da haben Sie ja
noch einmal Glück gehabt, Herr Nnamani.“
Die beiden stehen auf und gehen zur Tür. Ich bleibe lieber
am Tisch sitzen. Mir ist irgendwie schwindelig.

„Das war es dann also?", frage ich matt. „Ja, das war alles", zischt der Zwerg.

Gut, dass sie abhauen.

„Ach ja." Der Dicke dreht sich noch einmal zu mir herum und öffnet erneut den Holoscreen.

„Falls Sie dem Typen mal wieder begegnen sollten, benachrichtigen Sie uns sofort. Hier nochmal ein aktuelleres Bild von ihm. Wie Sie sehen, ist er seit Neustem anscheinend sogar mit Babys unterwegs. Vermutlich zur Tarnung."

Ich starre auf das Bild. Ich öffne den Mund, aber es kommt kein Laut. Mir wird schlecht. Mir wird schlagartig übel und ich möchte mich übergeben. Dann kriecht die Angst in mir hoch.

„Was ist los, geht es Ihnen nicht gut?", fragt der Zwerg.

„Nein- nein- nein", stammele ich.

„Das Alter...ein Schwächeanfall, weiter nichts."

Ich schaue wie benommen auf das sich in Zeitlupe bewegende Bild auf dem Holoscreen.

Es ist Bodo.

Verdammt, es ist Bodo.

Er schiebt einen Kinderwagen mit einem Säugling.

Es ist nicht irgendein Säugling. Der kleine Bastard hat eine hässliche Brandnarbe quer über der rechten Wange.

Es kann nur Sigurd sein! Der Umkehrprozess...er funktioniert nicht! Ich sinke zurück auf den Stuhl und ächze.

„Schönen Tag noch, Herr Nnamani", höre ich die Stimmen wie durch einen Nebelschleier.

Dann bin ich wieder allein.

Ich war immer allein. Ich werde auf ewig alleine bleiben.

Ich stehe auf und schleppe mich ins Badezimmer. Ich betrachte mein Gesicht im Spiegel. Der Schreck fährt mir durch alle Glieder. Ich sehe jünger aus. Deutlich jünger.

Warum ist mir das bisher nicht aufgefallen? Hilfe, verflucht und verdammt!

Ich werde jünger!

Ich bekomme Panik.

Ich fange an zu schreien.

Ich werde tatsächlich jünger!

Immer jünger!

Ich ende in einer durchnässten Baby - Wiege und werde sterben. Mit voller Windel und völlig ahnungslos. Das ist mein Schicksal. Das ist meine Strafe. Das ist meine Ewigkeit.

Wenn ich ehrlich bin:

Ich habe wohl nichts Anderes verdient.

Ferienspiele

Es war ziemlich heiß im Zimmer. Carl war völlig durchgeschwitzt und keuchte. So war das also beim ersten Mal.
Ein unbeschreibliches Erlebnis.
Er fühlte sich erschöpft und entspannt zugleich. Sein nackter Körper drehte sich zur Bettmitte und die Matratze unter ihm quietschte vergnügt.
„Du bist so schön, Ariane", sagte er „so schön."
Ariane sagte nichts.
Sie lag einfach nur da, still und unbeweglich wie ein perfektes Denkmal aus Marmor. Carl streckte die Hand nach ihr aus und streichelte ihr sanft den Rücken bis hinab zu den Pobacken.
Sie hatte eine Haut wie Seide.
Ihr schwarzes Haar fiel wellig in den Nacken und schimmerte bläulich im abgedunkelten Raum.
Außer dem großen Doppelbett, einem massiven Eichenschrank und einem alten viktorianischen Tisch war das Zimmer leer.
Von draußen drangen dumpf Straßengeräusche herein.
Autos, krakeelende Menschen, hektisches Treiben.
Ariane drehte sich ebenfalls zur Seite und sah ihn an. Sie war genauso, wie er es sich immer erträumt hatte.
  Die absolute Traumfrau:
Schlank, schmale Taille, kleine feste Brüste und ein Blick aus braunen Augen zum Dahinschmelzen.
Die Nase war etwas zu groß ausgefallen und zwischen den oberen Schneidezähnen präsentierte die Schönheit eine kleine Lücke. Gerade diese kleinen nicht perfekten Dinge waren es, welche Ariane einzigartig und persönlich machten.
  „Ich liebe dich."

Sie sagte nichts.

Vielleicht wollte sie nicht reden. Oder sie konnte nicht sprechen. Er wusste es nicht und er musste es auch nicht wissen. Es war für den Moment unerheblich. Sie kannten sich ja erst seit einer halben Stunde und Carl befand, dass alles eine gewisse Zeit brauchte.

„Ich möchte dich wiedersehen. Ariane. Werden wir uns wiedersehen?"

Sie lächelte ihn geheimnisvoll an. Dann kam das Signal von der Tür. Er zog sich an, die Zeit war abgelaufen. An der Türschwelle drehte er sich nochmals zu ihr um.

„Ciao, Bella. Vediomo."

In den letzten Tagen hatte er sich mühsam mittels eines alten Wörterbuches ein paar Brocken Italienisch beigebracht, wenigstens die üblichen Floskeln.

Ariane drehte sich wieder auf den Bauch. Carl schloss die Tür und trat ins Freie.

Die Wand aus Hitze, Chaos und Durcheinander erschlug ihn beinahe. Alle Straßen von *Caorle* waren überfüllt mit Touristen, Melonenverkäufern und hupenden Kleinwagen. Er starrte auf ein Meer von Tafeln, Plakaten, Werbung für den Luna Park und für den neusten Kinofilm zweier Typen namens Bud Spencer und Terrence Hill.

„Wer denkt sich solche stupiden Namen aus?"

Carl schüttelte den Kopf und tankte sich durch die Massen.

Nach zehn Minuten erreichte er das *Hotel Nettuno*, direkt am Adriastrand. Das *Nettuno* war ein hässlicher, mittelgroßer Quader in knalligem Rot mit einem großen Parkplatz zur Strandseite. Er überlegte kurz, ob er noch einmal aufs Zimmer gehen sollte, aber dann fiel ihm ein, dass Roger gesagt hatte, er würde die Badesachen mit zu den Sonnenliegen mitnehmen.

Also steuerte Carl den Strand an und kämpfte sich erst einmal durch eine Bande auf den Knien hockender Kinder. Sie hatten sich im Sand eine Art Rennstrecke gebaut. Darauf schnickten sie geschickt mit Mittelfinger und Daumen kleine, runde, durchsichtige Plastikkugeln mit Bildern von Fußballstars durch den Parcours. Carl hatte dummerweise seinen rechten Fuß auf den Rand einer Kurve der Rennstrecke gesetzt.

„Attenzione, Signore!!!", protestierten die Kids und sprangen auf. „Ja, ja doch", brummte er und sah sich umzingelt von Kindern, fetten Touristen auf Handtüchern und Sonnenstühlen, rot wie die Krebse und mit plärrenden Kofferradios, aus denen schaurige Musik aus den 70er Jahren dröhnte.

Wohlgemerkt den 1970er Jahren, nicht den 2070er Jahren!

„Ich frage mich ernsthaft, was Roger sich dabei gedacht hat?", grummelte Carl. In diesem Moment erblickte er ihn ganz vorne auf einer der ersten Liegebänke direkt am Meer, fett, faul und zufrieden wie immer. Roger schlürfte genüsslich einen Cocktail, der mit einem blauen Papierschirm garniert war.

Carl wollte sich in Bewegung setzen, da fuhr ihm ein schriller Schrei durch Mark und Bein. Es ertönte ein Kreischen, als ob ein Tier gerade abgestochen würde:

„Aaaaaloooo!!! Uuuuhh- huuuuuh!!! Coco bello!!! Coco di Mama, Coco!!!"

Wie von einer Tarantel gestochen sprangen die Kids auf und stießen Carl zur Seite. Er verlor fast sein Gleichgewicht. Lachend und johlend liefen sie auf einen Mann zu, der eine Art Korb an der Hüfte vor sich hertrug und den Strand entlang schlenderte.

„Africaaaa Vitaminaaaa!!!", brüllte der Verkäufer mit langem, wehendem, aber durchaus schon schütterem Haar.

Er hatte eine blauweiß karierte Schürze um die Taille gebunden und fischte mit einer langen Zange frische Kokosnuss Stückchen aus dem Wasserbecken seines Bauchladens.

„Ich hasse die 70er. So eine blöde Idee von dir, Roger." Carl hatte seinen Freund inzwischen erreicht und setzte sich schlecht gelaunt auf die zweite Liege.

„Da bist du ja, Junge. Na, hast du dir ordentlich die Hörner abgestoßen?", lachte Roger.

„Jetzt mach dich mal locker. Das ist doch der Hammer hier, oder nicht? Urlaub, Sonne, Strand, Italien."

„Ja, Italien 1979, um es genau zu sagen!", verbesserte Carl. „Du hast mir nichts davon erzählt, dass du ein Retro-Paket gebucht hast. Das war so nicht abgemacht, Herr Kollege!"
Roger klopfte seinem Freund auf die Schulter.

„Jetzt einmal ganz ruhig, junger Mann. Was hast du denn gegen das Jahr 1979? Ist doch geschmeidig hier. Die Welt ist noch in Ordnung, nichts kaputt oder verseucht, die Mädchen haben noch einen richtigen Busch unter dem Bikini und ein Mann kann hier noch ein Mann sein."
Er grinste dreckig.

„Ich hatte doch diese Urlaubsfotos meines Großvaters gefunden. Er, als junger Mann mit 18 Jahren, genau hier an diesem Ort, so wie wir beide jetzt hier stehen. Und da dachte ich, da du jetzt im gleichen Alter bist…"

„Das ist ja fast genauso so, als wenn wir beide unseren Job in der Zentrale machen, Roger: Du denkst und ich mache dann…eine tolle Arbeitsteilung unter Kollegen. Wenigstens im Urlaub hätte ich mir das anders gewünscht. Ich finde das Szenario schrecklich: Die Mode, die Leute, die Musik, eben einfach alles", unterbrach ihn Carl.
Roger versuchte es mit einem versöhnlichen Ton.

„Na gut, da hast du Recht. Es ist Geschmackssache, Junge. Aber ich gebe zu Bedenken, dass eine andere Urlaubsplanung dich vermutlich auch nicht zufrieden gestellt hätte. Ein virtueller Trip ist nun mal das Einzige, was unsere Restzivilisation aus dem Hochgebirge sich noch leisten kann. Die Nordhalbkugel der Erde ist total überschwemmt und unbewohnbar und die Südhalbkugel klimatisch instabil. Kannst du mir mal verraten, wo du da die Ferien verbringen willst?"

Carl blickte resigniert zu Boden.

„Vielleicht ist es ja die Wirklichkeit, die mich so traurig macht. Und wer weiß, wie lange uns die *Große Kuppel* noch vor den Horden der War Lords schützen kann?"

Jetzt war Roger genervt.

„Heilige Jungfrau, kannst du mal aufhören mit dem Pessimismus? Die *Große Kuppel* hält ewig, da kommt keine Maus durch, wenn wir es nicht wollen! Und überhaupt: Wir haben Urlaub! Zwei Wochen Urlaub an der Adria. Aber dich scheint hier nichts und niemand in gute Stimmung zu versetzen. Na los, greif' dir einen Cocktail und dann setzen wir uns rüber zur großen Halbmuschel. Du musst mir jetzt unbedingt erzählen, wie es heute bei dir gelaufen ist."

Roger stand auf, zog sich die Shorts über die trockene Badehose und schlurfte barfuß in Richtung Strandbar. Widerwillig trottete Carl ihm hinterher. Roger hatte immer Recht. Roger war immer der Klügere. Roger war doppelt so alt, doppelt so gewitzt und doppelt so erfolgreich im Leben. Er hatte alles, was Carl nicht hatte. Dennoch waren sie Freunde geworden. Roger half mit Rat und Tat. Er hatte ihm eine gute Position bei der Grenzsicherungstruppe verschafft und ließ ihn von seinen Erfahrungen profitieren.

Vielleicht hatte Roger ja schon wieder Recht. Man sollte einfach die Seele baumeln lassen und abschalten.

Ja, abschalten wäre gut.

Doch was sich in der Strandmuschel abspielte, versprach für Carl eine Steigerung des Grauens zu werden.

Sie hatten sich in der Mitte der Tische platziert und ihre Cocktails abgestellt.

„Jetzt fang schon an zu erzählen, wie war es?", hörte Carl Roger noch fragen. Doch da setzte die Musikband mit ihrem nächsten Lied ein. Abschalten war nicht.

In der halboffenen, riesigen Strandmuschel befand sich eine Bühne mit Musikern und Instrumenten. Ein Mann in einem hässlichen, hellblauen Sakko fing schmalzig an zu singen:

„Tu sei l'unica Donna per me. "

Es schien hier der neuste Hit zu sein, denn das Publikum und die halbe Service Crew der Strandbar stimmten begeistert mit ein.

Carl wurde schlecht.

Trivialer italienischer Pop, vorgetragen von einem Männchen mit Topf-Frisur und spitzem Oberlippenbart! Und ausgerechnet jetzt sollte er von seiner Traumfrau berichten?

„Also, es war irgendwie anders, als du mir es beschrieben hast", begann Carl etwas zögerlich.

„Das will ich doch hoffen, mein Junge, das will ich doch hoffen."

Roger wippte mit dem Fuß im Takt und nickte mit dem Kopf. Ihm schien der dämliche Song zu gefallen.

„Es ist immer anders, weißt du? Mit meiner mir zugeteilten Ehefrau ist es auch etwas Anderes, als wenn ich mir hier eine Frau nehme, das ist doch klar."

„Ich habe aber keine zugeteilte Frau, Roger, das weißt du doch.“

„Weil deine Bio- Werte zu schlecht sind. Ich sage es dir immer wieder: Mehr Sport und bessere Ernährung, dann teilt dir das Komitee auch ein Weib zu. Dann kannst du Sex haben, so viel du willst. Und weil das momentan nicht dein Thema ist, hatte ich vorsorglich die sexuellen Dienstleistungen im Holopaket mit dazu gebucht…für deine Entjungferung, mein Junge.“

„Lass doch deine doppeldeutigen Bemerkungen und unterbreche mich nicht mit deinen Sprüchen! Du hast gefragt wie es war, also sei still und höre mir einfach zu.“
Carl holte tief Luft und überlegte, wie er beginnen sollte. Roger schien vor Neugier zu platzen und nippte an seinem Glas.
„Tu sei l'unica Donna per me“, klang es von der Bühne.
Die einzige Frau für mich.
Genau.
So war es tatsächlich.
„Ich habe mich verliebt“, stellte Carl fest.
Roger verschluckte sich, prustete und spuckte den Rest des Getränks auf den Steinboden. Sein Kopf lief hochrot an und er hechelte ununterbrochen. Als seine Luftröhre sich beruhigt hatte, wollte er etwas erwidern, aber seine Stimme versagte ihm.

„Genauso ist es, Roger. Ich habe mich verliebt. Wir hatten Sex und es war geradezu unbeschreiblich.“

Roger konnte immer noch nicht sprechen und hustete. In der Strandmuschel stand inzwischen ein neuer Sänger auf der Bühne. Er wirkte wie ein grinsender, behaarter Affe mit Halbglatze. Er trug ein weißes, oben weit geöffnetes Hemd aus Samt, welches ansonsten eng wie ein Taucheranzug anlag.

Der Sänger stellte seine behaarte Brust zur Schau. Carl stöhnte. Dieser Typ war ein absoluter Witz. Er wurde als Evergreen Star angekündigt, ein gewisser Herr *Adriano Celetano* mit seinem Oldie Hit *'Azzurro'*. Es wurde immer schlimmer. Diese Musik war die reinste Marter. Man sollte sie außerhalb der belagerten Kuppel einsetzen, mit großen Lautsprechern, um die feindlichen Horden zu demoralisieren, befand Carl.

„Also", ächzte Roger mühsam mit dünner, wieder gewonnener Fistelstimme, „das ist das Blödeste, was ich je gehört habe." Er machte eine Pause und sah Carl an.

„Bist du jetzt eigentlich total übergeschnappt?"
Carl runzelte die Stirn. „Wieso denn?"

„Wieso denn, wieso denn?", äffte Roger ihn nach.
„Du kleiner Trottel! Erstens: Liebe gibt es schon lange nicht mehr. Es zählt nur die sexuelle Vereinigung. Zweitens: Wir beide liegen gerade bei *Dream-Journey* in der Ganzkörper-Kabine und haben Urlaub Italien 1979 gebucht - virtuell, wohl gemerkt! Es dürfte auch deinem Spatzenhirn nicht entgangen sein, dass das hier alles nicht echt ist. Es geht nur um einen Hirnfick, einen schönen erholsamen Hirnfick. Mensch Carl, wach' auf! Das hier ist nicht real! Ganz gleich, welches supertolle Flittchen du dir dort im Puff zusammengeschraubt hast: Sie war nicht echt! Hai capito?"

„Hör' bitte auf so über Ariane zu sprechen!"
Roger schnappte hörbar nach Luft.

„Du...du...du hast ihr auch noch einen Namen gegeben? Ernsthaft? Einen richtigen Namen?"

„Sie heißt Ariane und ich liebe sie", grinste Carl.
Roger stöhnte. Adriano holte zum Refrain aus und sein penetrantes Grinsen wurde breiter und breiter:
„Azzurro!!!"

„Du kannst ihr keinen Namen geben! Du warst im Bordell! Das war doch nur ein Stück zusammengewürfelte Fantasie aus dem Puta-Mat. Der steht in jedem virtuellen Puff, das machen alle von uns so: Arsch, Titten, Haarfarbe, für jeden Scheiß ein Knöpfchen. Alles individuell für deine Zusammenstellung!“

„Nein, Roger, nein. Es war so wirklich. Ich habe es gespürt.“ Carl klang plötzlich unsicher.

„Hör zu, Junge“, versuchte es sein Kollege erneut.

„Nochmal ganz langsam für digitale Anfänger.“ Roger deutete mit ausgestrecktem Zeigefinger in Richtung Bühne:

„Siehst du diesen grinsenden Tanzbären da vorne mit dieser geschmacklosen Kleidung und seinem dämlichen Lied?“

Carl sah den Sänger in der Halbmuschel an und nickte. Immerhin schienen die Freunde sich jetzt wenigstens bei ihrer musikalischen Schmerzgrenze zu treffen.

„Du oder ich, wir könnten jetzt einfach nach vorne gehen und ihm seine Visage einschlagen. Wir könnten ihn erschießen. Wir könnten sonst was tun. Es ist völlig egal. Es hat keine Konsequenzen. Der Typ ist nicht real. Unser Handeln hier basiert nur auf Traum und implantierter Illusion.“

Adriano schien Gedanken lesen zu können. Er hatte seinen Vortrag rasch beendet und sich unter tosendem Applaus schnell hinter die Bühne verzogen.

„Ich...ich habe auch mit ihr gesprochen.“

„Du kannst gar nicht mit ihr gesprochen haben, Carl. Sie kann gar nicht sprechen, außer sie ändern die Programmierung. Das wäre ein *A-Level Update*. So etwas ist nur für die ganz hohen Tiere reserviert, die sich das leisten können.“ Carl sagte nichts mehr.

Er hatte keine Lust auf eine weitere Konversation mit seinem Freund. Es erschien ihm zwecklos. Roger interpretierte sein Schweigen als sinnvolle Pause zum Nachdenken und hoffte, dass seine Worte Wirkung entfalten würden.

Auf der Muschelbühne wurde ein neuer Künstler angekündigt: *Drupi*. Roger dachte daran, dass er mal einen Hund mit ähnlichem Namen hatte. *Drupi* saß bewaffnet mit einer Akustik-Gitarre auf einem Hocker. Seine schwarzen, mittellangen Haare umkleideten dunkle Augen und eine zu breite Nase. Sein dunkelblaues Hemd erinnerte an die Kellner an der Bar. Vielleicht war er ja einer von ihnen?

Und überhaupt:
Warum trugen hier die meisten Männer blau? Im Hintergrund hatten sich drei Sexbomben zum Chorgesang aufgestellt und säuselten sich monoton ein. Dann schrammte Drupi auf der Gitarre los und seine Reibeisen-Stimme zauberte eine schaudernde Gänsehaut in Rogers Nacken.

„Non dai modo di trovarti mai sincera.

Magari hai voglia e dici no.“

„Ich halte das nicht mehr aus!“, schrie Carl plötzlich los. „Das ist ja nicht zu ertragen! Du schleppst mich hier in deinen kranken Retro- Urlaub, überredest mich dazu, sexuelle Erfahrungen zu sammeln, und dann machst du mich nieder, wenn ich meine Traumfrau gefunden habe! Und als krönenden Höhepunkt dieses Trips bekomme ich diese italienische Popmusik als Folter noch obendrauf! Mir platzen gleich die Ohren!!!“

Die Musik und das Seejungfrau Gesäusel des Chores schwollen zu einem mächtigen Refrain an:

„Cosi piccolla…e fragile!!“

Roger warf sein Cocktailglas klirrend zu Boden.

„Also gut, du Clown. Du hast es geschafft. Ich gehe jetzt nach vorne und stopfe dem fetten Hippie das Maul, damit du endlich kapierst, wie das hier läuft.“
Carl stand auf und zeigte mit dem Finger auf Roger:
„Ja, geh' doch. Ist mir völlig gleich!“, brüllte er.
„Ich verschwinde, ich gehe zurück zu Ariane. Ich werde sie wiedersehen und dann...dann nehme ich sie mit nach...“
„DU KANNST SIE NICHT WIEDERSEHEN!!!“
Roger rastete jetzt völlig aus. Niemand an den Nachbartischen nahm Notiz von ihnen. Das Publikum sang verzückt *Drupis* Textzeile mit: *„ Cosi piccolla, e fragile. “*
„Du wirst sie nie mehr sehen, weil es gar nicht möglich ist, zwei Mal hintereinander die gleiche Puta zu programmieren! Das ist so nicht vorgesehen! Das klappt auf gar keinen Fall! Es kommt immer etwas Anderes dabei heraus. Selbst, wenn deine Auswahl ähnlich ist, das Puta Modell könnte sich an nichts erinnern. Schon gar nicht an einen Freier! Jetzt nimm doch endlich Vernunft an!!!“
„Ich hau' jetzt ab, Roger, ich habe die Schnauze voll von dir. Ich gehe zu ihr, jetzt gleich, ich gehe zu Ariane. Ariane, ich komme!!! Ariane!!!“
„ Cosi piccolla, e fragile. “
Carl warf zwei Stühle um und rannte aus der Strandbar. Roger sah ihm fassungslos hinterher. Das Publikum schrie und tobte.
Drupi verbeugte sich.

Carl fand das kleine Haus in der Seitengasse mühelos, obwohl er erst ein einziges Mal dort gewesen war. Der Mann in der Eingangslobby schien ihn nicht zu erkennen.
„Secondo piano, zweites Stockwerk“, grinste er hinterhältig und entblößte seine verfaulten Schneidezähne.

Dann stand Carl vor dem Puta-Mat. Er konnte sich an jede Kleinigkeit erinnern:

Körperform, Größe, Beine.

Haare, Augenfarbe, Brust.

Zähne, Lippen. Nase.

Er stellte sich das Menü identisch ein, ganz genau so, wie heute am Vormittag. Ariane... in 10 Minuten war es soweit. Er würde es Roger beweisen, ja, er würde es ihm schon zeigen. Es gibt also keine Liebe mehr, soso. Armer alter Mann... frustriert von Zweckehe und Fortpflanzungspflicht.

Noch 5 Minuten!

Kein Spiegel da.

Wie er jetzt wohl aussah?

Dieser verdammte Strand, diese Hitze, diese unsagbare Hitze. Hier drinnen im Haus war es noch drei Mal schlimmer. Und diese Nerven tötende Musik! Carl war schweißgebadet.

'Cosi piccola'.

Raus, raus hier aus meinem Kopf!

Noch 1 Minute.

'E fragile'.

Endlich! Das blinkende Licht: Zimmer 3. Carl lief den langen Gang hinunter zum Signal. Er öffnete die Tür und trat ein. Ein anderes Zimmer. Kein Schrank. Kein Tisch. Eine Sitzgruppe aus Leder. Ein Bett. Eine Frau, nackt und schön. Sie sah ihn an.

Sie lächelte.

„Ariane! Ariane! Ja! Ich habe es geschafft. Gott sei Dank. Ich habe es geschafft!"

Carl stürzte zum Bett und ging auf die Knie. Behutsam nahm er Arianes Hände und liebkoste sie.

„Ariane, ich bin zurückgekommen. Wegen dir."

Ariane sah ihn an, still und stumm. Er küsste sie auf die Wange. „Du - du erinnerst dich doch an mich? Ich bin es, Carl. Carl, von heute Morgen."
Sie legte ihre Hand auf seine Schulter und sah ihn erwartungsvoll an.

„Ich werde dich mitnehmen", sagte Carl.

„Ich nehme dich mit nach Hause. Ariane...willst du mich heiraten?"

Die nackte Schönheit lächelte jetzt noch etwas breiter und präsentierte makellose Zähne.
Die Zähne...aber Moment mal, ihre Zähne?

Das war nicht möglich.

Carl war irritiert.
Wo war die kleine, süße Lücke zwischen den oberen Schneidezähnen?

„Ariane? Du...du bist nicht Ariane! Das kann nicht sein. Du bist nicht Ariane!!" Ariane schlang die Arme um ihn.

' Cosi piccolla!!'

„Nein, lass mich los!", schrie Carl.

„Das ist Betrug! Du bist nicht Ariane! Wo ist sie? Was habt ihr mit Ariane gemacht!?"

'E fragile'.
Carl war auf das Bett gesprungen und hatte die Hände um ihren Hals gelegt. Ariane gab seltsame Laute von sich, als er sie würgte und schüttelte.

„Was – habt – ihr – mit – ihr – gemacht!!!???"

„ E fragile'

„AUFHÖREN!!!" brüllte Carl.

„SOFORT AUFHÖREN!!!"

„Aufhören! Carl! Carl! Hör' auf! Aufhören, Carl! Ich bin es, Roger! Hör' auf damit, um dich zu schlagen! Es ist alles gut, Junge."

„Er ist wach, er ist wieder da, Mr. Bones. Sie können ihn loslassen. Mr. Dyson, können Sie mich hören? Mr. Dyson, schauen Sie mich an." Carl schaute verwirrt den Mann über ihm an.

„Ariane?"

„Mr. Dyson. Ich bin es, Steve Miller von *Dream-Journey*. Ihr Urlaubsplaner, wissen Sie noch?" Carl erhob sich ächzend und mühsam vom Boden. „Www...was ist passiert? Ich verstehe nicht... Warum liege ich auf dem Boden?"

Miller schaute ihm prüfend in die Augen.

„Ich denke, das ist noch einmal gut gegangen", sagte er.

„Mr. Dyson, Sie hatten während der Urlaubssimulation eine Störung."

„Eine Störung?", stammelte Carl.

„Kann vorkommen", fuhr der Mann von *Dream-Journey* fort. „Eine Art von neuraler Komplikation. Wir mussten Sie früher zurückholen, Mr. Dyson. Ihre Bio-Werte waren kritisch. Es blieb uns nichts Anderes übrig, als Ihren und Mr. Bones' Urlaub zu beenden. Wir bedauern das aufrichtig."

„Puh...ich auch", seufzte Roger.

„Ich hatte ja keine Ahnung, dass so etwas passieren könnte. Was geschieht jetzt?"

„Wir behalten ihn noch ein bis zwei Tage hier auf unserer Beobachtungsstation. Manchmal stellen sich nach so einem Trip irreparable Schäden ein. Wir müssen das beobachten. Miss Gates, kommen Sie bitte?" Miller machte eine Handbewegung und eine Frau, die hinter Roger stand, ging auf Carl zu und reichte ihm ihre Hand. Er glotzte blöde.

„Kommen Sie mit, Mr. Dyson. Ich bringe Sie auf die Station“, säuselte Miss Gates und hakte sich bei Carl ein.
„Ariane?“
„Kommen Sie, hier entlang. Ganz langsam.“

Carl trottete Händchen haltend los. Er fing an, leise zu summen. Er lächelte. Kopfschüttelnd sah Roger den beiden nach.

„Also, wenn so die Liebe aussieht, kann ich gut und gerne darauf verzichten“, murmelte er.
„Wie bitte?“ Miller sah ihn fragend an.
„Ach, nicht so wichtig. Sagen Sie mal, Mr. Miller. Wird Carl wieder gesund? Ich meine, bleibt da etwas zurück? Wird er wieder ganz der Alte?“
Miller hob ratlos die Hände auf halbe Höhe.
„Tja, ganz ehrlich, Mr. Bones. Wir hatten solche und solche Fälle. Die Risiken sind bekannt. Sie hatten ja das Kleingedruckte im Vertrag gelesen. Bei vorbelasteten Personen kann es gelegentlich zu Komplikationen kommen. Aber wollen wir mal das Beste hoffen.“
Roger drehte sich um und wandte sich zum Gehen.
„Allerdings“, brummte er. „Hoffen wir das Beste.“

Draußen auf dem Flur konnte man Carl hören.
Deutlich erklang seine singende Stimme:
„Cosi piccola, e fragile.“

Fallobst

Lupus saß auf der Veranda vor seiner kleinen Hütte.

Es war angenehm warm und still, fast totenstill. Sein breiter Strohhut spendete ihm einen kühlenden Schatten, sein vollständig perfekter Körper steckte in einer seltsamen blauen Latzhose aus einem ihm unbekannten Stoff.

Irgendetwas hing locker zwischen seinen Lippen und qualmte vor sich hin.

Ein würziger Duft, befand er mit Genugtuung.

Er fühlte er sich alt und zufrieden.

Lupus sah auf seine Hände hinab.

Sie waren braungebrannt, voller Schwielen und Runzeln und umklammerten einen ihm ebenfalls unbekannten Stock. Das Teil maß etwas über einen Meter und war teilweise aus Holz, teilweise aus silbrigem Metall gefertigt.

Seine Füße *(er hatte schöne Füße)* baumelten hin und her.

Er saß in einem besonderen Stuhl. Dieser hatte unten anstatt der Beine zwei halbrunde, gebogene Kufen, die auf dem Holzboden der Veranda knorrig vor und zurück schaukelten.

Vor Lupus präsentierten sich ein prachtvoll grüner Garten, kleine Obstbäume, wilde Wiesen und ein schier unendliches Blumenmeer.

Er seufzte hingebungsvoll.

Sein Blick richtete sich in Richtung Gartenende, wo ein kleiner, blauer Fluss sanft vorbeizog. Irgendetwas passierte dort hinten.

Es kam Leben in die Szene.

Zwei jugendlich wirkende Männer hatten am Ufer des Grundstücks mit zwei schwimmenden, flachen Transportmitteln gestoppt.

Sie hatten Seile ausgeworfen, diese am Ufer befestigt und sich lachend und feixend zu den unteren Obstbäumen begeben. Lupus konnte es jetzt deutlich sehen.
Die beiden fingen an, die Obstbäume zu plündern und sich die Taschen zu füllen.
„Elende Kirschendiebe!", brüllte Lupus und stoppte das Schaukeln.
„Na wartet!"
Ohne auch nur aufzustehen legte er den Stock an, zielte auf die Übeltäter und drückte den Abzug. Es folgte ein infernalischer, ohrenbetäubender Knall.
Einer der jungen Männer schrie entsetzt auf. Es sah so aus, als ob er sich an sein linkes Bein fasste. Die beiden Diebe rannten hektisch zurück zum Ufer.
Sie lösten die Taue und warfen sich flach auf den Boden ihrer schwimmenden Transportmittel. Nur ihre Arme hingen links und rechts heraus.
Damit paddelten sie im Wasser und versuchten panisch die Mitte des Flusses zu erreichen, wo die Strömung stärker war und sie forttragen konnte.
Wieder zerriss ein lauter Knall die Stille des paradiesischen Gartens.
„Ihr elenden…"
„Lupus!"
„Lupus!"

„Lupus, bist du wach? Lupus?"

Lupus öffnete die Augenlider.
„Bist du jetzt wach, Lupus?"
„Ich…ich habe geträumt. Ich habe wieder geträumt."
Lupus sah sich um. Er war zu Hause. Wo sollte er auch sonst sein?

Er schaute auf die ihm vertraute, kalte Umgebung und es war ihm, als ob er frieren würde. Direkt vor ihm stand Lupinius 3 und blickte ihn aufmerksam an.

„Lupus, bist du auf Sendung?"

„Jaja, ja, verdammt noch mal", schimpfte er, „ich bin wieder auf voller Betriebstemperatur. Himmel, was für ein verwirrender Traum!"

Lupus stieß ein grunzendes Geräusch aus. Lupinius 3 schob ihm wortlos seine Nachmittagspillen zu.

„War es...wieder der gleiche Traum?", fragte er.

„Denke schon", knurrte der alte Mann.

„Irgendetwas aus der antiken Vergangenheit, aus dem Speicher meiner Erbinformationen, keine Ahnung. Aber..." Lupus machte eine kurze Pause und führte sich seine Pillen umständlich zum Mund.

„Aber weißt du? Ich hatte zwei Arme. Richtige Arme."

„Du hast keine richtigen Arme mehr, Lupus", stellte Lupinius 3 trocken fest.

„Und ich hatte Hände, richtige Hände."

„Deine Hände sind künstlich, aus synthetischem Plasma."

„Und Beine, ich hatte Beine, jawohl, richtige Beine!"

„Du hast überhaupt keine Beine mehr Lupus", sagte Lupinius 3.

„Das Einzige, was du noch besitzt und was nicht synthetisch an dir ist, ist dein Gehirn."

Lupus schaute langsam an sich herab. Unterhalb seiner Hüfte war nichts. Da gab es gar nichts mehr. Sein kleiner, grotesk wirkender, künstlicher Oberkörper saß auf einem schwebenden Holoboard.

„Ach du heilige Scheiße, du hast wirklich keine Ahnung, wie man einem alten Mann von über 150 Jahren Mitgefühl entgegenbringt oder ein wenig Respekt zollt.

Das ist nicht sehr nett. Und das ist nicht gerade menschlich von dir."

„Ich bin ja auch nicht menschlich", antwortete Lupinius 3. „Ich bin ein Klon. Dein Klon. Ich bin sozusagen dein Lieblingsklon. Dein Meisterstück. Das dritte und ausgereifteste Modell aus deinen Genen. Du solltest stolz auf mich sein."

Lupus hechelte, aber eigentlich sollte es ein Lachen sein.

„Stolz, oh, was bin ich stolz auf dich! Ist ja auch nicht schwierig, wenn man selbst nur noch aus Hirnmasse besteht und wenn der Rest von mir wie ein Ersatzteillager herumbaumelt. Noch nicht mal die Augen haben diese Stümper anständig hinbekommen. Die erinnern mich eher an ein paar faltige Hoden."

Lupinius 3 blinzelte zweimal.

„Ich kann dir gerne Lupinius 2 schicken, falls du unsere Konversation als langweilig empfinden solltest. Ich habe natürlich den feinen, ironischen Unterton deiner Bemerkungen registriert. Ich werde das nicht persönlich nehmen."

„Persönlich? Ha! Das ist haargenau der Punkt", grummelte Lupus weiter. „Du, haha...du siehst zwar aus wie ich im Alter von 25 Jahren, schön, kraftvoll und faltenfrei, doch am Ende fehlt dir das Entscheidende: Die Persönlichkeit! Aber du verstehst mich sowieso nicht."

Lupinius 3 verstand sehr wohl. Sie waren mal wieder beim großen Thema gelandet und deshalb blieb er unverdrossen bei der Sache:

„Du weißt ja, Lupus, es liegt nur an dir. Alles hängt von deiner Entscheidung ab. Du kannst das ändern, du bist der Schlüssel dazu. Ich selbst bin bereit, das spüre ich. Uns bleibt nicht mehr viel Zeit."

„Bla-bla-bla“, äffte der Alte nach wie ein ungezogenes Kind. „Diesen Blödsinn von der angeblich vollständigen Bewusstseinstransformation kann unser *Zentralkomitee* gerne weiterverbreiten. Aber den alten Lupus legt so schnell keiner rein. Und verflucht: Ich hänge noch an meinem Leben!“

„Wer spricht denn von hereinlegen?“
Lupinius 3 nahm sanft die künstlichen Hände seines Gegenübers und streichelte sie auf merkwürdige Weise.

„Es geht doch um dich. Es geht um uns. Du bist nicht vergangen und du wirst nie vergehen. Du lebst ewig in mir weiter. Deine Emotionen, deine Erinnerungen, dein Wissen, deine Empathie, dein ganzes Ich: Alles wird eins zu eins übertragen. Wir beide werden vereint sein. Du wirst neu sein in einem schönen, jungen, gesunden Körper. Das war doch dein Wunsch?“
Lupus wollte seine Hände wegziehen und sprechen, doch bevor er etwas erwidern konnte, fuhr Lupinius 3 fort:

„In der Wolkenstadt gibt es nur Wenige, die sich gleich drei Klone geleistet haben. Du kannst also eine Auswahl treffen. Gib die Alpha Order ein. Bei mir.“
Er erhob bedeutsam den Zeigefinger.

„Es ist nur eine kleine Wortkombination, dann kannst du wieder so sein wie vor langer, langer Zeit. Stell‘ dir vor, was du...“

„Beim Jupiter“, schnappte Lupus jetzt, „nimm endlich deine Hände von meinem Gelee und hör' sofort auf mit deinem blöden Jesus - Gequatsche.“

„Jesus - Gequatsche?“ Der Klon runzelte die Stirn.

„Das war auch irgend so ein Besserwisser. Den haben sie vor über 4000 Jahren an ein Stück Holz genagelt. Der hat wahrscheinlich genau solche Predigten geschwungen wie du.“

Lupus grinste. Er empfand langsam aber sicher wieder Freude an dem Gespräch. Es bereitet ihm Vergnügen, eine boshafte Bemerkung nach der anderen rauszuhauen.

„Ich meine es sehr ernst, Lupus."
Lupinius 3 versuchte es weiterhin mit einer vernünftigen Argumentation und machte ein ernstes Gesicht.

„Deine Zeit läuft ab. Alles an dir ist ausgebessert worden, du bist über dem Zenit. Mit über 150 Jahren ist deine Lebenserwartung ausgereizt und dein Gehirn funktioniert nur noch sporadisch. Wie du genau weißt, muss die Transformation vor dem 27ten Lebensjahr eines Klons stattfinden, ansonsten ist auch meine Zeit zu Ende. Ich brauche dich ja nicht an das Schicksal von Lupinius 1 zu erinnern. Er hatte bis zuletzt gehofft. Wir beide aber, Lupus, du und ich, wir könnten weiterleben, lieben, gemeinsam alt werden in meinem Körper hier. Wir können Eins werden."

„Eins mit den ganzen anderen Ignoranten, die diesen Idioten vom *Komitee* geglaubt haben!", polterte der Alte dazwischen. „Hast du mal Delta gesehen, oder Ados, als die neulich hier waren? Die sind doch nicht mehr dieselben Leute. Das sind nicht meine alten Weggefährten von der Raumflotte, nie im Leben! Das merke ich doch genau. Hier stimmt was nicht, es ist alles ein beschissener Betrug!"

„Wieso sagst du so etwas, Lupus?"

„Na, wer da nicht den Alarm läuten hört: Delta hat noch nie gerne Urlaub auf dem *Holo-Deck Neun* gemacht. Er hat es gehasst. Aber jetzt war er schon zwei Mal dort im Puff von *Andromeda City*. Das wäre ihm früher nie passiert. Dieses Dreckloch war stets unter seiner Würde. Du willst mir doch nicht erzählen, dass das normal ist?"

„Aber natürlich ist das normal. Die Transformation eröffnet auch neue Lebenswege und Perspektiven."

„Perspektiven, ha!", schnatterte Lupus.

„Die einzige Perspektive, die ich noch habe, ist der kurze Weg rüber zum Zentralmodul auf diesem beknackten Holoboard. Zum allerletzten Mal: Ich weigere mich! So, damit du es weißt!" Einen kurzen Moment trat Stille ein. Lupinius 3 senkte den Kopf.

„Ich gehe jetzt rüber zum *Informationszentrum* und mache ein Update. Bitte Lupus, überdenke die Sache noch einmal in aller Ruhe. Es braucht nur einen Befehlscode von dir, dann kann die Alpha Order sofort in Kraft treten. Dein komplettes Bewusstsein wird automatisch auf mich übertragen. Alle unsere Sorgen und Probleme fänden ein Ende."

Lupus verzog trotzig die künstlichen Lippen nach unten.

„Ja, hau' ab. Ich bin sowieso schon wieder müde. Ich schalte mich jetzt auf *Standby* in den Ruhemodus. Vielleicht träume ich nochmal, vielleicht wieder so wie früher... so wie früher...so...wie..."

Sein Kinn sank hinab auf die knotige Brustmasse, die Augenlider fielen ihm zu.

Lupinius 3 warf noch einmal einen Blick auf dieses seltsame Wesen, welches seinen Genpool darstellte. Dann drehte er sich um und ging hinaus. Der alte Mann blieb zurück. Allein in der Leere, eine traumlose Leere. Kein Sendebild, keine Geschichten, nur tiefe Schwärze.

Kein Zeitgefühl.

Doch Lupus fand keine Ruhe.

Ein bösartiger, zuckender Blitz, grell wie eine Supernova, versetzte ihn von null auf hundert wieder in die volle Betriebstemperatur.

„Hey, was zum Jupiter...?", ächzte er und starrte in die gleiche, ausdruckslose Visage wie vor gefühlten zwei Minuten.

„Hallo Lupus", sagte Lupinius 2. „Es tut mir leid dass ich dich wecken musste, aber es ist Zeit für deine Nachmittagspillen."
Lupus verspürte den unbändigen Drang, diesem Trottel ans Bein zu treten. Aber dort unten war ja nichts.
Also schrie er nur herum: „Du hirnlose Substanz von Klonscheiße! Du bist doch wirklich das blödeste Modell der Vereinigten Nationen und ausgerechnet das gehört mir!"
Lupinius 2 blickte ihn fragend an. „Ich verstehe nicht, Lupus. Was ist los? Erkläre es mir."
„Du bist tatsächlich der letzte Gen- Müll, der geklont wurde! Hält man das für möglich? Und verflucht, jetzt muss ich mir auch noch meine eigene blöde Visage bei dir anschauen!" Lupus war komplett bedient.
„Die Pillen, diesen Rotz von konstruierten Nahrungssubstanzen, hat mir Lupinius 3 längst verabreicht! Das müsste doch in deinem minderbemittelten Biospeicher abgelegt sein! Du bist dämlicher als die Mutanten auf der Erdoberfläche!"
Lupinius 2 versuchte krampfhaft, eine Geste des Bedauerns hin zu bekommen. Es gelang ihm nur schlecht.
„Oh, das tut mir leid, dass ich deinen Schlaf unterbrochen habe. Ich war wohl einfach etwas unaufmerksam. Das passiert mir in letzter Zeit doch recht häufig."
Der alte Mann schnaufte unzufrieden.
„Manchmal glaube ich, du machst das mit Absicht und spielst hier nur den Vollidioten. Dann aber bin ich mir wieder nicht sicher, ob du nicht einfach nur völlig misslungen bist." Lupus vollzog mit dem Holoboard eine kleine Kurve nach rechts und sah den Klon von der Seite an.
„Mich würde schon interessieren, warum du der Einzige von euch drei Kunstprimaten bist, der mich nicht ständig

mit der Bitte nach der Alpha Order löchert und nervt. Hast du kein Verlangen nach ewigem Leben? Oder siehst du womöglich ein, dass du schlichtweg die Kriterien dafür nicht erfüllen kannst?"

Lupinius 2 schielte zur Seite.

„Ich...ich weiß nicht. Ich denke, ich habe Angst."

„Du hast was? Angst?"

Lupus bohrte jetzt mit einem seiner Kunstfinger in seinem linken Gehörgang herum als ob er dadurch besser verstehen könnte.

„Ich höre wohl nicht richtig? Vor was sollte denn ein Klon Angst haben? Das gibt es gar nicht, das ist nicht möglich. Dafür fehlt dir auf der emotionalen Ebene alles Wesentliche."

Lupinius 2 schwieg eine Weile. Dann sagte er leise:

„Ich habe Angst vor der Wirklichkeit, dem richtigen Leben, vor Gefühlen und Emotionen wie beispielsweise Hass oder Wut. Ich möchte so bleiben, wie ich bin. Ich will in den Tag hineinleben. Ich möchte träumen."

„Träumen?", lästerte Lupus.

„Sagtest du ,*träumen*'? Ha, das wäre eine Sensation, wenn ein Klon träumen könnte. Unsinn! Unmöglich!" Lupus machte eine Pause und dachte angestrengt nach. „Was träumst du denn so, hm?", fragte er schließlich lauernd.

„Ich weiß nicht. Es ist...es ist immer der gleiche Traum", stotterte Lupinius 2.

Jetzt war Lupus wirklich neugierig geworden.

Jahrelang hatte er mit diesem Versager kaum ein Wort gewechselt und plötzlich philosophierte dieser Klon wie ein defektes Übersetzungsprogramm bei der Einreisekontrollbehörde. „Erzähl' mir davon. Na los schon, erzähl' mir von diesen angeblichen Träumen. Mach schon."

Lupinius 2 setzte sich auf den Boden. „Also: Da ist eine grüne Wiese...und Bäume, schöne Bäume mit Früchten. Wir...wir sind zu zweit und wir wollen die Früchte holen. Dann knallt es wie Donner und wir rennen! Wir rennen zum Fluss runter und...“

„Jetzt glüht mir doch gleich die Hauptplatine durch!“ Lupus staunte. Das war unglaublich! „He, das ist doch mein Traum, das ist doch genau mein Traum! Was in aller Welt machst du in meinem Traum?“ Der alte Mann schien sehr aufgeregt zu sein. „Wer...wer ist der andere Kerl? Schnell, erzähl‘ es mir. Mit wem bist du unterwegs? Wer ist der Andere?“

Lupinius 2 starrte Lupus mit stupidem Blick an.

„Ich weiß es nicht. Ich habe keine Ahnung. Aber wir müssen rennen…Gefahr!“

Lupus war mit einem Schlag wie ausgewechselt. Plötzlich offenbarte sich ihm das Schicksal. Seine Stimme bebte: „Kann das sein? Beim Jupiter, kann das wirklich sein? Aber natürlich! Du! Du bist es! Es sind die gleichen Träume! Es ist derselbe Träumer!“, frohlockte er.

„Das ist die Lösung des Rätsels! Du bist der verlorene Sohn in mir. Ausgerechnet du! Du bist der Auserwählte! Jetzt wird mir alles klar.“ Lupus blickte Lupinius 2 eindringlich an. „Du, der nie gefragt hat. Du, der nie begehrt hat. Du und ich! Das ist es. Ich muss…ich muss es tun. Natürlich, ich muss es sofort tun.“

Die magischen Worte hallten durch den Raum, der anfing, in roter Farbe zu leuchten. Alles schien sich zu drehen und ein singender Ton erklang aus dem Zentralmodul. Lupus‘ sich ständig wiederholende monotone Sätze schienen sich wie unsichtbare Wellen in der Unendlichkeit auszubreiten. Ein tosendes Rauschen erfüllte ihn. Es wurde lauter und lauter. Immer wieder ertönte seine Stimme, die sich allmählich von ihm entfernte.

Er hatte das Gefühl, in einer Zeitschleife zu stecken. Dunkelheit umgab ihn und es war ihm, als ob ein großes Gewicht von seiner Seele abfiel. Dann sank ein schwarzer Vorhang über ihm zusammen. Das Letzte, was der alte Mann wahrnahm, war eine Art Tunnel oder Loch, in welches er unaufhaltsam hineingezogen wurde.

„Lupus?" „Lupus, wo bist du? Lupus, bist du hier?"

„Ich bin hier", tönte es hinten aus einer abgedunkelten Ecke. Lupinius 3 zögerte. War das die Stimme von Lupus?

„Was machst du denn da hinten im Dunkeln?" Eine geheimnisvolle Stille lag wie ein Tuch über der Wohneinheit. „Was tust du da? Wo ist eigentlich dein..."

Weiter kam Lupinius 3 nicht.

Ein heller Blitz durchzuckte den Raum wie Feuer, und in einem Bruchteil von einer Millisekunde sah der Klon, dass Lupus Beine hatte. Beine und Hände, Hände, die etwas Längliches umklammerten. Dann kam der Lärm. Ein fürchterlicher Einschlag. Lupinius 3 hatte das Gefühl, von einer Ladung Antimaterie zu Boden gerissen zu werden. Doch irgendwie war es auch ganz anders. Ursprünglicher. Archaischer. Ein Gesicht beugte sich über ihn.

„Lupinius 2! Was...Was war das? Wo ist Lupus?" Lupinius 3 glaubte, auf etwas Feuchtem zu liegen und seine Hand tastete über den Boden. Es war Blut, klebriges, warmes Blut. Es floss still und unaufhaltsam wie ein Strom aus ihm heraus. „Alpha Order", grinste das Gesicht über ihm. „Die gute, alte Alpha Order. Überrascht?"

„Du...du bist jetzt Lupus?", stammelte Lupinius 3 ungläubig. Es ergab keinen Sinn für ihn.

„Wieso du? Warum hat er dir das Leben gegeben, das er mir so lange vorenthalten hat? Wieso ausgerechnet dir?"

Er fühlte, wie es allmählich schwarz um ihn herum wurde. Lupus' neue, veränderte Stimme klang jetzt weit weg. Aber Lupinius 3 konnte ihn noch verstehen.

„Persönlichkeit, mein Bester. Eine Persönlichkeit mit ihrer ganzen Boshaftigkeit. Der alte Mann hatte Recht mit seinen misstrauischen Vermutungen. Er ist nicht ich und ich bin nicht er. Ich bin, wer ich bin. Ich bin immer noch Lupinius 2. Und doch bin ich auch ein neuer Lupus. Jetzt bin ich vollkommen!" Ein Hauch von Triumph blitzte in seinen Augen auf.

„Niemals zuvor habe ich solch' eine Niedertracht verspürt. Und dieser herrliche Zynismus ist ein berauschendes Gefühl. Der alte Mann hat es mir in seiner letzten Verwirrung vom Besten besorgt. Er hat sein Sprüchlein schön artig aufgesagt."

„Der Donner...", flüsterte Lupinius 3 mit schwindender Kraft. „Was war das für ein Donner?" Lupus grinste immer noch. „Eine antike Waffe aus dem Giftschrank des Alten. Sehr gefährlich und effektvoll, wie du ja bereits bemerkt hast." Er schob das Ende des kalten Stahls an die Stirn des Sterbenden.

„Warum, Lupus...warum?", stöhnte er.
Das Grinsen über ihm wurde noch breiter.

„Erinnerst du dich nicht mehr an die Wunde an deinem Bein? Du hast den Donner schon einmal erlebt. Weißt du es nicht mehr? Wir waren doch zusammen dort, im Garten, bei den Bäumen?"
Lupinius 3 riss entsetzt die Augen auf.

„Elender Kirschendieb!", sagte Lupus und drückte ab.

Kaffeeklatsch

„Natürlich hätten wir uns auch auf Level 21 Delta treffen können. Ich weiß ja, wie detailverliebt du bist. Aber, meine Liebe: Zeit, Zeit, Zeit. Davon haben wir beide nun mal viel zu wenig. Als wir das letzte Mal in der *CENTABAR* waren, haben wir mehr als drei Stunden geplappert und ich kam fast zu spät zur Nachtschicht.“
Thala führte eine Kaffeetasse aus feinstem Porzellan an ihre Lippen, sog mit der Nase genüsslich das Aroma ein und nahm einen kleinen, feinen Schluck.
Brix musste grinsen.
Ihre beste Freundin war eine ausgemachte Anachronistin. In ihrer Wohnwabe türmte sich allerlei antiker Krempel, mit dem die Frauen von heute selten noch etwas anfangen konnten oder wollten. Aber Thala hatte damit kein Problem. Sie war eine leidenschaftliche Sammlerin und konnte sich diesen sündhaft teuren Ramsch locker leisten. Alleine das Schachbrett aus Holz mit seinen kunstvoll geschnitzten Figuren war wohl ein Vermögen wert.
 Brix hasste Schach.
Ein lächerliches Kriegsspiel für Männer, für Eitelkeiten und hinterhältige Strategien.
Zum Glück gehörte diese dunkle Ära der Vergangenheit an.

„Ja, ja, die Arbeit“, erwiderte Brix und nahm ebenfalls einen Schluck aus ihrer Tasse.
„Wie läuft es denn so bei dir in der Abteilung? Das letzte Mal, als wir uns trafen, hast du mir erzählt, dass du bald befördert wirst?“ Brix warf einen lauernden und prüfenden Blick auf ihre Freundin.
„Allerdings“, triumphierte Thala mit einem Lächeln.

„Ich bin jetzt zweite Kommissarin, Code B, und das bereits mit knapp 40 Jahren. Das will bei meiner Truppe ‚Ethik und Verhalten‘ schon etwas bedeuten, oder nicht?“

„Respekt“, nickte Brix anerkennend.

„Das heißt aber auch, dass du jetzt für die Religionsverbrechen zuständig bist. Richtig?“ So etwas hatte sie sich schon gedacht.

„Ein Jude, zwei Christen und letzte Woche...jetzt halte dich gut fest!“ Thalas Augen blitzten gefährlich auf:

„Ein Moslem!“

„Ein Moslem?“
Brix ließ beinahe ihre Tasse fallen.

„Hält man denn so etwas für möglich?“, staunte sie.

„Wie kann jemand nach über dreihundert Jahren islamischer Weltordnung und Unterdrückung der Frauen noch guten Gewissens ein Moslem sein? Das ist ja unglaublich!“ Sie schien ernsthaft entrüstet zu sein. „Es handelt sich um einen Freiläufer, stimmt’s?“

„Ich darf über meine Arbeit keine detaillierten Informationen preisgeben. Das weißt du doch, Brix. Aber du kannst dir natürlich denken, dass es sich bei Religionsverbrechern nicht um Sklaven handelt. Natürlich waren es allesamt Freiläufer aus der unteren Ebene. Ich habe sie zur Sonderbehandlung in die Kolonien deportieren lassen.“

„Moslem“, wiederholte Brix in abfälligem Ton. „So ein Irrsinn! Wenn ich mir vorstelle, dass meine Urgroßmutter damals zu diesen unglückseligen Zeiten zwangsverheiratet wurde.“

„Davon hast du nie erzählt“, sagte Thala überrascht.
Brix seufzte: „Ein mieses Kapitel, weißt du? Zwangsverheiratet, zusammen mit zwei anderen Frauen an einen Mann. Heute unvorstellbar, damals bittere Realität. Einfach grauenhaft.“

Thala räusperte sich, stand auf und ihr Tonfall wurde ernst und feierlich, gerade so, als ob sie eine bedeutende Rede vor dem großen Plenum halten würde. „Ein Hoch auf die feministische Revolution. Ein Hoch auf unsere großartige Führerin. Patriarchat, Religion, die brutale Herrschaft des Penis' – Aus und vorbei! Und das ist gut so!"

Brix kicherte amüsiert und Thala setzte sich wieder hin. Sie hielt kurz inne. Dann wechselte die Stimme der Kommissarin wieder in den allgemeinen Plauderton.

„Ha! Apropos Penis." Thala fing an zu grinsen. „Was macht denn zurzeit die Libido bei dir?"
Brix wurde leicht blass.

„Falls du jetzt mal wieder auf mein angeblich so veraltetes Modell anspielen willst...es hat sich absolut nichts geändert. Die *Rexomat 200* besorgt es mir immer noch gut und hart, das kannst du mir gerne glauben", zischte sie leicht säuerlich. „Das solltest du bei deinem diffusen Hang nach antiken Sachen ruhig einmal ausprobieren. Immer noch besser als dieser neumodische Scheiß mit Intervallschaltung und Identitätswechsler."

„Komm, jetzt sei doch nicht gleich eingeschnappt", erwiderte Thala versöhnlich. „Ich will dich doch nicht ärgern. Ich wundere mich nur, weil es aufgrund deiner Position bei ,*Versorgung und Ernährung*' dir relativ leichtfallen dürfte, an eine *Rexomat 500* heran zu kommen. Oder irre ich mich?"
Brix stöhnte. Das Thema nervte sie gewaltig:

„Du hast ja keine Ahnung, was bei uns los ist. Ich habe fast nur mit der Lieferkette von Plankton und Klonfleisch zu tun. Selbst wenn ich Zeit hätte...ich habe keine Lust mich bei *REXO* einzuklinken und mich stundenlang durch deren Sicherheitscodes zu quälen, nur um mir selbst zu beweisen, dass ich zur privilegierten Elite gehöre."

Thala lachte. „Na ja, wahrscheinlich hast du Recht. Aber ein guter Penis ist eben immer noch ein guter Penis, da gibt es nichts daran zu rütteln. Nebenbei bemerkt...was macht denn eigentlich dein Haussklave?“

„Thomas?“ Brix nahm einen Schluck Kaffee und fragte dann misstrauisch:

„Was soll denn diese Art von Frage in so einem Zusammenhang? Das eine hat mit dem anderen nichts zu tun.“

„Ich meinte doch nur“, fuhr Thala fort, „ich wollte doch nur wissen, ob alles gut läuft, ob er spurt, den Haushalt gut führt und so weiter.“

„Wie gehabt.“, erwiderte Brix.

„Haushalt macht er tipptopp, Bring-und Lieferdienste werden schnell und zuverlässig erledigt. Wenn es später wird, bringt er die Kinder ins Bett. Ansonsten die übliche Prozedur: Montagmorgens erhält er das Anti – Testosteron Spritzenprogram im *MEDIDOC CENTER*. Natürlich muss er immer noch zwei Mal die Woche zur *Melk-Farm*.“ Brix zog spöttisch die Augenbrauen hoch. „Manchmal habe ich den Eindruck, das macht diesem Idioten sogar Spaß.“

„Was soll daran spaßig sein, wie eine Kuh mit einem Euter ständig zwangsentsamt zu werden?“ plapperte Thala heraus. Im selben Augenblick erfasste sie bereits die Wirkung ihrer Worte.

„Willst du damit andeuten, dass du nur eine Spur Mitleid für diese Kreaturen hast, die uns Frauen Jahrtausende lang dominiert und gequält haben?“, brauste Brix auf und stellte mit einem lauten Scheppern die Porzellantasse auf den kleinen Tisch.

„Schließlich brauchen wir das Sperma nur für die künstliche Befruchtung und zur Fortpflanzung. Zu etwas Anderem sind diese Versager nicht mehr zu gebrauchen!“

„Natürlich, das stimmt", versuchte Thala zu relativieren.

„Sperma und Arbeitskraft – das *zweite feministische Gesetz*, Artikel 5. Ich kenne unsere Verfassung." Sie machte eine kleine Pause, dann seufzte sie leise:

„Und doch...fehlt dir nicht manchmal etwas?"
Brix sah ihrer Freundin prüfend in die Augen. „Fehlen? Was meinst du genau damit?"
Thala fuhr stockend fort:

„Na, ich meine, vermisst du nicht manchmal so etwas wie Sex? Also, ich spreche von richtigem Sex, wild und hemmungslos, animalisch?"

„Hemmungsloser Sex? Ich verstehe nicht ganz. Ich habe doch die *Rexomat 200*." Brix stutzte. Sie sah den glasigen Blick ihrer Freundin. Dann dämmerte es ihr allmählich.

„Du meinst doch nicht etwa Sex zwischen Frau und Mann?", rief sie entgeistert. „Bist du jetzt total verrückt?"

„Ich meine doch nur theoretisch, nicht wirklich."
Thalas Stimme klang unsicher. So eine heftige Reaktion hatte sie nicht erwartet.

„Natürlich nicht wirklich!", blaffte Brix.
„Das wäre ja noch schöner: Sich dem männlichen Penis auszuliefern bedeutet den Verlust der Dominanz. Alleine der Gedanke daran ekelt mich an. Deine Liebe zu Dingen aus der alten Welt ist die eine Sache, Thala, aber gerade du als hochrangige Kommissarin bei *E&V* weißt genau, zu was solche Gedanken führen können: Hochverrat!"

„Nun gut", schluckte Thala. Sie bereute, die Sache überhaupt erwähnt zu haben und versuchte, zu einem belanglosen Gespräch zurück zu kehren.

„Ich muss in 20 Minuten los zum Abendmeeting. Noch eine Tasse Kaffee, meine Liebe?"

„Nein danke. Dein Haussklave kann hier ruhig schon mal abräumen. Wo steckt Robert überhaupt?“ Brix sah sich um.
Der Stellschrank von Robert stand offen und war leer. Knappe 2 Quadratmeter Stellfläche gähnten sie trostlos an.
„Ach“, begann Thala zu flöten, „ich habe es dir noch gar nicht erzählen können. Ich habe einen neuen Sklaven. Tim. Er ist noch beim *Ausgabe Center* und müsste jeden Moment mit den Vorräten zurückkommen.“
Brix sah sie prüfend an, doch bevor sie etwas erwidern konnte, glitt die Eingangsschranke summend zur Seite und ein Mann betrat die Wohnwabe. Sein Overall trug die erkennbare Farbe Orange eines Haussklaven von Level 3.

Sie musterte ihn überrascht: Tim erschien ihr relativ jung, vielleicht um die zwanzig Jahre alt. Er war hochgewachsen und ziemlich gut in Schuss. Seine buschigen Augenbrauen und seine hohen Wangenknochen gaben seinem Gesicht einen entschlossenen Ausdruck. Sein Blick empfand Brix als eine freche Mischung aus Arroganz und Intelligenz. Gegen den alten, tatterigen Robert wirkte Tim wie ein Modellathlet aus der antiken Geschichte.
„Guten Abend“, sagte eine tiefe Stimme. Brix schnappte hörbar nach Luft.
„*Guten Abend*? Was heißt hier ‚*Guten Abend*‘, du unverschämter Drecksack!“, schrie sie wütend. „Das heißt für dich immer noch *Guten Abend, Herrin!* “ Sie spuckte Gift und Galle.
„Guten Abend, Herrin“, sagte Tim. Thala blickte erkennbar verlegen zur Seite.
„Er ist leider noch etwas verzogen“, murmelte sie.
Brix kniff die Augen zusammen.

Tim sah mit einem seltsamen Blick zu Boden. Seine Lippen verzogen sich zu einem feinen, widerspenstigen Lächeln.

Irgendwo in der Weite des Universums gab es einen Blitz, einen winzigen Urknall. Zuerst versuchte Brix, es zu ignorieren. Aber diese Stille.
Diese verdammte Stille.
Und danach dieser Knall.
Dieser Urknall, der sich rasend schnell ausbreitete wie ein Glas verschüttete Milch.
„Verdammt! Oh nein, nein, nein, verdammt. Thala, das glaube ich jetzt nicht", stotterte Brix. Der Blick von Thala flatterte unruhig zwischen Tim und ihrer Freundin hin und her.
„Du...du vögelst mit diesem Ding? Du hast ein sexuelles Verhältnis mit einem Sklaven?"
„Quatsch, so ein Unsinn", stöhnte Thala, „wie kommst du denn darauf?"
„Doch – doch - doch", beharrte Brix.
„Du kannst mir nichts vormachen. Ich kenne dich seit über 30 Jahren, seit der Zeit im Früherziehungskorps. Ich sehe doch genau was hier läuft!"
Tim stand ruhig im Raum. Doch sein Blick verriet jetzt einen Hauch von Unsicherheit. Thala schossen ein paar Tränen in die Augen.
„Brix, ich schwöre dir, dass…"
„Du brauchst mir gar nichts zu schwören. Ich will das jetzt genau wissen, ohne Wenn und Aber. Hast du, oder hast du nicht...?" Brix klang unerbittlich und eisenhart. Sie erinnerte Thala unwillkürlich an sich selbst bei ihrem letzten Verhör mit einem Religionsverbrecher.
„Brix, du bist meine allerbeste Freundin", druckste sie, „versprich mir bitte..."

„Ich kann hier gar nichts versprechen. Hast du, oder hast du nicht?"

Brix' Augen lauerten. Im Glanz des Porzellans spiegelte sich grell das Licht der Neon Strahler an der Decke.

„Ja, ich gebe es zu", stöhnte Thala.

„Du hast mal wieder den richtigen Riecher, wie so oft. Aber ich versichere dir..."

„Das ist...Das schlägt doch wirkliche jede Schandtat, die ich mir beim Namen unserer großen Führerin vorstellen kann! Du bist ja wahnsinnig!", keuchte Brix.

„Ich liebe sie", tönte eine dunkle Männerstimme aus dem Raum.

„Halts Maul, Sklave, halt dein dreckiges Maul, dich hat hier niemand gefragt und du hast kein Recht ungefragt zu sprechen, du Wicht!", schrie Brix. Sie war jetzt außer sich und kurz davor, die Kontrolle über sich zu verlieren.

„Thala, wie in aller Welt …? Die wöchentlichen Spritzen gegen die Libido, die *Melk-Farm*, all die Pflichttermine, wie zum Henker hast du das bewerkstelligen können?"

„Beziehungen", murmelte Thala. „Beziehungen und meine politische Stellung. Außerdem ist die Ärztin im *MEDIDOC CENTER* eine enge Verwandte von mir und Draga von der *Melk-Farm* schuldet mir mehr als nur einen Gefallen. Es hat sich so ergeben. Am Ende war alles relativ einfach. Vielleicht zu einfach."

„Jetzt wird mir so einiges klar", spottete Brix, „wie sonst könnte dieser stupide Stecher hier sein Ding hochbekommen, wenn du nicht Leute schmierst und die Prozeduren umgehst. Unglaublich!"

In der Wohnwabe breitete sich eine eisige Stille aus, wie unsichtbares Gift lag sie in der Luft. Brix fühlte sich wie benebelt. Ihre Gedanken überschlugen sich.

Nach einer Weile tönte wie aus der Ferne erneut Tims bescheuerter Bariton an ihr Ohr: „Ich liebe sie wirklich."

Brix holte tief Luft, doch bevor sie explodierte, entschied sie sich um. Sie war jetzt eiskalt.

„Thala!" Ihre Stimme klang trocken und emotionslos.

„Ich sage es dir klipp und klar und ich sage es nur einmal: Du bist meine Freundin, aber du bist zu weit gegangen. Ich möchte nicht als Mitwisserin des Hochverrates angeklagt werden." Thala schluckte.

„Es gibt nur eine Möglichkeit. Ich gebe dir bis nächste Woche Zeit, die Situation zu bereinigen, und zwar umfassend und gründlich."

Tim und Thalas Blicke streiften sich mit einer Mischung aus Bestürzung und Hilflosigkeit.

„Brix, bitte..."

„Nein, keine Chance, meine Liebe. Du hast den Bogen weit überspannt. Dieser Sklave hier hat nächste Woche nachweislich die Totalprozedur hinter sich. Andernfalls melde ich dich beim *Zentralgehirn*. *Mutter* wird dann wissen, was zu tun ist. Ich rate dir, zu kooperieren, ansonsten verlierst du alles, was du hast und was du bist."

Thala sackte zusammen wie ein Häufchen Elend. Von der forschen Kommissarin blieb nur noch ein gebrochenes Bündel Frau übrig.

„Ich überprüfe dich nächste Woche", drohte Brix kühl.

Ohne noch ein weiteres Wort zu verlieren stand sie auf und verließ die Wohnwabe.

Ein kühler Regen empfing sie unten am Gate.

„Nach Hause?", fragte der *Metro-Cab* und öffnete geräuschlos seine Einstiegsluke.

„Was denn sonst?", brummte Brix.

„Koordinaten?", schnarrte die automatische Stimme des Bordcomputers. „Level 3, Sektor 2, Tor 3245 B", hörte Brix sich sagen und sank in den Sitz.

Wie in Trance glitt die City an ihr vorbei, perfekt, grau und leblos. Das Gefühl der inneren Leere wich auch nicht beim Anblick ihrer tadellos in Schuss gehalten Wohnwabe. Thomas hatte alle Arbeiten zu ihrer vollen Zufriedenheit erledigt, hatte die Rationen und Energiereserven aufgefüllt und die Kinder ins Bett gebracht.

„Ein verfluchter Scheiß - Tag", murmelte Brix unzufrieden.

Auch die Nasszelle und das perlende warme Wasser vermochten es nicht, ihren Frust von Haut und Seele zu waschen. Sie fühlte sich belogen und betrogen. Die Holo - Liege glitt aus der Wand. Sofort verspürte Brix den sehnlichen Wunsch, in einen tiefen, traumlosen Schlaf zu fallen.

„Licht aus!", befahl sie.

Eine wohlige Dunkelheit stellte sich ein und sie drehte sich auf eine seitliche Schlafposition. Ihr Atem ging ruhig und gleichmäßig.

„Müde?", fragte eine Stimme.

„Ja, müde und extrem schlecht gelaunt", antwortete Brix. Stille. Nur ein feines Summen der Transformatoren von draußen war zu hören.

„Kann ich behilflich sein?", fragte die Stimme.

Brix seufzte:

„Das wäre jetzt schön."

Seitlich an ihrer Hüfte schob sich langsam eine Hand abwärts in Richtung Bauchnabel.

„Gut so?", fragte die Stimme?

Irgendwo in der Weite des Universums gab es einen winzigen Urknall der sich rasend schnell ausbreitete wie ein Glas verschüttete Milch.

Unaufhaltsam.

Langsam und zärtlich glitt die Hand in tiefere Regionen.

„Wir sind allein“, dachte Brix. „Wir sind endlich wieder allein.“

„Ist das gut so?“, fragte die Stimme erneut.

„Gut so“, stöhnte Brix. „Perfekt, Thomas.“

„Perfekt.“

Tiere

Das Tier bewegte sich flink und zielstrebig durch das Unterholz. An jenen Stellen, wo der Wald zu gewuchert war, setzte es zu einem mächtigen Sprung an oder es schlüpfte geschickt durch eine seitliche Alternative.

Trotz seines massigen Körpers, dem stattlichen Gewicht von 300 Kilo und einer Körperlänge von über 3 Metern vom Kopf bis hin zum Schwanz war alles an diesem Tier athletische Leichtigkeit.

Nur spärlich fiel das Licht der Sonne durch den zugewachsenen Urwald des Planeten. Ab und an durchbrachen massiges Geröll und Reste von rostigen Stahlträgern das Dickicht.

Diese Träger, mit Farnen und stacheligem Gestrüpp bewachsen, ragten wie mahnende Zeigefinger hoch über den Baumkronen und wirkten wie stumme Zeugen aus einer anderen Epoche. Sie zerfielen wie Fremdkörper. Langsam, aber stetig, trieb die Zeit sie aus, wie lästige Schädlinge.

Das Tier blieb ruckartig stehen.

Es hob leicht seine Vorderpfoten an und begann mit seinen feinen Barthaaren zu vibrieren. Die Nase schnüffelte erregt in westliche Richtung und witterte Nahrung.

Beute.

Fleisch.

Das Tier sah sich nach allen Seiten emsig um. Es war ein erfahrener Jäger, ein klassischer Einzelgänger.

Es hatte sich schon lange von seinem Rudel gelöst, wo es aufgrund seines fortgeschrittenen Alters nicht mehr den Platz einnehmen konnte, den es einst besaß und schließlich im Kampf an einen jüngeren Nager schmählich verloren hatte. Sein grauweißes Fell mit zahlreichen wulstigen Narben zeugte von harten Auseinandersetzungen.

Am Ende war nur der Weg ins Exil geblieben, vertrieben aus seinem Revier und auf sich selbst gestellt. Aber als einstiger Anführer und geschickter Jäger verfügte das Tier immer noch über alle Fertigkeiten, die es zum Überleben brauchte.

Die aufgenommene Witterung war eindeutig. Bei dieser Beute war der Fresstrieb nicht die primäre Antriebsfeder. Geschmacklich zählte sie nicht unbedingt zu den Leibspeisen. Doch das Töten dieser kleinen, rosigen Würmer erfüllte das Tier mit einer boshaften Befriedigung, als ob eine unausgesprochene, auf ewig tief verwurzelte Feindschaft mit dieser Gattung bestehen würde. Nein, gefährlich waren die Würmer nicht.
  Nicht wirklich.
Sie waren erbärmlich schwach.
Leider waren diese Winzlinge auf zwei Beinen trotz ihrer lächerlichen Größe geschickt und intelligent. Sie besaßen die erstaunliche Fähigkeit, Äste, Stöcke, Steine und anderes spitzes Material einzusetzen und verlängerten somit im Kampf ihre Reichweite. Daher konnten sie in einer auftretenden Gruppe einen einzelnen Jäger durchaus vor Probleme stellen.
Auf der anderen Seite waren sie sehr langsam und ängstlich und machten beim Sterben laute, kreischende Geräusche.
Das Tier drehte sich noch einmal um die eigene Achse, als wolle es sich vergewissern, dass sonst niemand anderes in der Nähe war. Dann schnupperte es ein weiteres Mal.
  Der Geruch war eindeutig:
Es musste sich um wenige Würmchen handeln, ein, zwei, vielleicht auch drei an der Zahl.
Leichtes Spiel.

Ein anderer Faktor bereitete dem Tier Unbehagen. Der Geruch kam aus etwa drei Kilometer westlicher Richtung. Dazwischen lag einer dieser sonderbaren Plätze: Große Lichtungen inmitten des Urwaldes, auf denen kein Gras, keine Pflanze und kein Baum wuchs.

Ein kreisrundes Gebiet, ein Nichts im Dschungel.

Dies aber bedeutete:

Keine Deckung, keinen Schutz.

Das Tier wusste genau, dass es in der Nahrungskette noch jemanden über ihm gab, und zwar wortwörtlich.

Am Rande des Nichts also angekommen, hob das Tier den Kopf und beäugte mit seinen handtellergroßen Knopfaugen argwöhnisch den blauen Himmel. Eine unbarmherzige Mittagssonne brannte mit fast 50 Grad auf das vorliegende Plateau nieder. Im Gegensatz zum schattigen Wald konnte sich die Hitze dort voll entfalten.

Es war also ratsam, diese Hölle von circa 10 Kilometer Durchmesser zügig zu durchqueren. Die Alternative war, einen großen Umweg in Kauf zu nehmen, den Platz durch dichtes Gehölz zu umrunden und damit den Verlust der Beute zu riskieren, welche selten länger als eine Stunde am gleichen Ort verweilte.

Das Tier beäugte ein weiteres Mal misstrauisch die Lüfte. Dort oben war kein Schatten zu sehen, kein rauschender Flügelschlag zu hören.

Los!

Mit kraftvollen, gleichmäßigen Bewegungen trabte der Nager schnell über das trostlose Gelände. Die sengende Gluthitze des Untergrundes konnte das Tier mit seinen hornigen Pfoten eine ganze Weile gut aushalten. Trotzdem sputete es sich, um die andere Seite möglichst schnell zu erreichen. Der Geruch der Beute wurde intensiver und spornte seinen Jagdinstinkt an. Auf den letzten Kilometern wurde es kühler. Gefährlich kühler.

Das Tier spürte genau, dass diese plötzliche schattenspendende Erleichterung nichts Gutes verheißen würde. Doch es gab keine Zeit anzuhalten, den Kopf zu drehen oder irgendetwas anderes zu tun als zu rennen.

Rennen bedeutete jetzt alles.

Rennen war der Unterschied zwischen Leben oder Tod, fressen oder gefressen werden.

Das war das Gesetz.

Deutlich konnte der Nager jetzt die mächtigen Flügel über und hinter sich hören und er versuchte, das Letzte aus sich herauszuholen.

Es waren nur noch wenige hundert Meter bis zum Ziel und die Vorderläufe streckten sich in vollem Lauf.

Mit einem finalen Sprung und allerletzter Kraft rettete sich das Tier in das dornige Gebüsch der gegenüberliegenden Seite des Plateaus und bekam gerade noch mit, wie der riesige Raubvogel kreischend abdrehte. Die ankommende Druckluft war gewaltig und ein dunkler Schatten bohrte sich steil in den Himmel hoch. Die Gefahr war vorbei und das Tier zitterte immer noch vor Anstrengung.

Kleine Stacheln und Dornen steckten in seinem Fell und der rechte Hinterlauf war getränkt von Blut.

Doch schon nach einer kurzen Pause und Regeneration schienen die eben noch tödliche Gefahr und die kleinen Verletzungen zu einer Nebensache geworden sein.

Die Witterung war auf dieser Seite noch viel intensiver.

Die Beute musste sich in unmittelbarer Nähe befinden.

Das Tier setzte sich in Bewegung.

Die Jagd konnte beginnen.

Deloor 5
Kommandant der dritten Raumflotte von Sedina.

Dies ist der Bericht 2-C über die Erkundung des Planeten 517 im Suchbereich 7 /5 in der Galaxie Luma.
Aufzeichnung wird an Mutter übermittelt und über Code G-23.501 im Jahre 5730 nach Exodus direkt transferiert an das Forschungsarchiv 33 auf Sedina.
In drei...zwei...eins und los:

Wie schon in meinem letzten Report berichtet, ist dieses Erkundungsgebiet der Galaxie, die wir wegen ihrer leuchtenden Erscheinung Luma getauft haben, äußerst interessant. Luma ist spiralförmig angeordnet und unterscheidet sich hiermit deutlich von unserer Galaxie. Sonnensystem 7 / 5 jedoch erinnert in vielen Bereichen an unser Sonnensystem.

Konstellation und Anordnung der hiesigen Planeten könnten sich von der ursprünglichen Form verändert haben. Diese Planeten, die um die einzige Zentralsonne kreisen, scheinen in früheren Zeitabschnitten teilweise andere Positionen eingenommen zu haben. Sie unterlagen starken klimatischen Veränderungen. Der einzige Planet, auf dem es lebensfähige Bedingungen gibt und damit auch Leben ist, wie schon erwähnt, Kandidat 517.
Der Asteroidengürtel im Orbit lässt darauf schließen, dass in anderen Zeiten 517 von ein oder zwei Monden umkreist wurde. Der oder die Monde könnten durch eine Kollision zerstört worden sein.

Der Planet besitzt zwei separate Landmassen, die von dicht bewachsenen Urwäldern dominiert werden.

Der Rest besteht aus Wasser, weshalb wir 517 auch den Beinamen ‚*Grünblauer Planet*' gegeben haben.

Es ist durchaus denkbar, dass es einst Polarkappen gab, feste Landmassen, mit Eis überzogen. Die speziellen Untersuchungen hierzu sind in vollem Gange. Vor dem Abschluss einer Totalanalyse können wir aber nur Vermutungen anstellen.

Eines ist relativ sicher:
Die Atmosphäre ist perfekt für die menschliche Rasse, es ist alles da: Die entsprechende Dichte und die richtige Anziehungskraft, ein Magnetfeld, Luft zum Atmen, vielfältige Vegetation, Landmasse, Wasser, Rohstoffe in Hülle und Fülle. Aus diesem Grund haben das Team und ich uns dazu entschlossen, 517 bedenkenlos in die Primärstufe einzuordnen und ihm das Prädikat *'Frei zur Besiedlung'* zu verleihen. Die Lebensbedingungen hier entsprechen tatsächlich zu großen Teilen denen von Sedina in seiner urzeitlichen Form.

Der unvermeidliche Verfall unseres Planeten macht den grünblauen Planeten in der Luma Galaxie sicherlich zu einer Option. In Absprache mit Subkommandantin Deloor 18 schlage ich vor, diese Welt hier in die Trefferquote A zu übernehmen. Weiterhin ist es durchaus möglich, dass es sich bei Planet 517 um den mysteriösen Planeten Terra handelt, also um den Ursprung der Menschheit, die Erde, die wir laut den Überlieferungen vor Jahrtausenden aufgeben und verlassen mussten. In der momentanen Phase der Untersuchungen können wir aber nur Vermutungen anstellen.

517 präsentiert sich anders als das Terra, wie es in unseren alten Aufzeichnungen dokumentiert ist.

Wie bereits berichtet fehlen Mondtrabant und Pole. Statt mehreren Landmassen gibt es nur zwei Kontinente. Natürlich ist es vorstellbar, dass kosmische Katastrophen die Lebensbedingungen hier drastisch verändert haben.

Wie in Bericht 2-B und zu Beginn von 2-C erwähnt, gibt es auf dem grünblauen Planeten Leben. Die Bewohner sind Mehrzeller von meist primitiver Art. Die Gattungen sind unterschiedlich und ebenfalls vielfältig. Sie werden in Phase 2 kategorisiert und beim nächsten Bericht detailliert aufgeführt. Weiterhin müssen wir auf der Oberfläche von 517 verschiedene Bodenanalysen und Tests durchführen. Dazu ist ein direkter Kontakt im nächsten Zyklus notwendig. Die Übertragungen der Drohnen *X12 Drei* und *X12 Sieben* haben uns bereits wichtige Eindrücke über die Lebensformen von 517 vermittelt.

Die dominante Art ist ein Fleischfresser.
Es handelt sich hier um riesige Raubvögel, die sich auf jedes Tier stürzen, dass nicht schnell genug im Urwald Deckung sucht.
Diese geschickten Tiere scheinen eine Fähigkeit zu besitzen, miteinander zu kommunizieren und zwar durch pfeifende Laute, die sich bei der Jagd noch intensivieren. Dabei jagen diese Vögel einzeln sowie auch im Rudel, was auf eine gewisse Form von höherer Intelligenz schließen lässt. Wir werden diesen Punkt genau analysieren, wenn wir ein Exemplar im Labor haben.

Bevorzugte Beute scheinen Fische zu sein, aber auch unvorsichtige Tiere an Land sind eine willkommene Nahrungsquelle. *X12 Drei* hat beeindruckende Aufnahmen von einem Raubvogel gemacht, der aus beträchtlicher Höhe in freiem Fall ins Meer stieß um zu jagen.

Teilweise befanden sich die Fische Faktor Q minus/3 unter der Wasseroberfläche. Weiterhin hat *X12 Sieben* einen Vorgang übertragen, wie sich mehrere dieser alles beherrschenden Gattung in der Luft bei Faktor Q plus/100 versammeln und mit kreischenden Lauten scheinbar untereinander Kontakt aufnehmen. Kurz darauf brach die Kommunikation mit der Drohne ab.

Entweder hat Drohne *X12 Sieben* einen Systemausfall erlitten oder, was wir nach den letzten Sequenzen eher vermuten, wurde sie attackiert und zerstört. Überhaupt scheint 517 eine äußerst feindliche Welt zu sein, zumindest was die darauf lebenden Spezies betrifft.

Die verschiedenen Gattungen befinden sich in einem permanenten Überlebenskampf. Daher habe ich Subkommandantin Deloor 18 vorgeschlagen, bei der morgigen Exkursion auf der Oberfläche des Planeten Standard - Bewaffnung anzulegen, als Vorsichtsmaßnahme und falls nötig, zur Verteidigung.

Wir werden morgen bei Sonnenaufgang über den Koordinaten Gamma 4 Q 36 mit einem Gleiter landen. Zielgebiet ist der Rand einer der seltsamen, kreisrunden Ebenen auf dem Planeten, direkt am Ende der Vegetationsgrenze. Da es innerhalb dieser nicht bewachsenen Ebenen erhöhte radioaktive Strahlung gibt, werden wir Schutzanzüge und Helme mitnehmen.

Außerdem setzen wir Arbeitsdrohnen ein, die die Standard - Untersuchungen machen: Bodenproben, Luftmessung, chemische Zusammensetzung und Intensiv-Scans. Die Megadrohnen *X3 Vier* und *X3 Fünf* landen gegenüber von uns im Operationsgebiet Gamma Q 32.

Wir haben sie programmiert, jeweils 2 Tierexemplare der wichtigsten Arten zu sedieren und später zur Untersuchung ins Mutterschiff der Flotte zu überstellen.

Bericht 2c
Kommandant Deloor 5.
ENDE.

Deloor 18
Subkommandantin der dritten Raumflotte von Sedina.

Dies ist der Bericht 2-D über die Erkundung des Planeten 517 im Suchbereich 7 /5 in der Galaxie Luma.
Aufzeichnung wird an Mutter übermittelt und über Code G-23.501 im Jahre 5730 nach Exodus direkt transferiert an das Forschungsarchiv 33 auf Sedina.
In drei...zwei...eins und los:

Zur aktuellen Lage:

Kommandant Deloor 5 ist tot.
Er wurde gestern bei der Erkundung der Oberfläche von Planet 517 getötet. Seine sterblichen Überreste werden heute nach einer kurzen Zeremonie mit der Mannschaft vom Mutterschiff in den Orbit freigegeben. Die Aufzeichnung der Trauerfeier geht direkt über Code T551-21 an seine Angehörigen auf Sedina. Ich habe das Kommando über die dritte Raumflotte übernommen.

Es folgt ein Bericht zu diesem tragischen Ereignis:

Gestern, kurz nach Sonnenaufgang, sind Kommandant Deloor 5 und ich mit dem Gleiter wie vorgesehen bei den Koordinaten Gamma 4 Q 36 problemlos auf der Ebene direkt am Rande des Urwaldes gelandet. Als Erstes programmierten wir die Aufgaben der Arbeitsdrohnen. Danach beschlossen wir den Wald zu betreten, um die dort lebenden Spezies zu erkunden.

Die kreisrunden Ebenen erschienen uns als Operationsgebiet zu gefährlich, nicht nur wegen den unkalkulierbaren Schwankungen der Radioaktivität, sondern auch aufgrund der Raubvögel.

Schon kurz darauf, etwa bei Faktor Q plus/ 300, ließ die Strahlung merklich nach und wir entledigten uns der Helme und der Strahlenschutzanzüge. Die Luft war feuchtwarm, sehr sauerstoffreich und irgendwie würzig. Es gab keinen Wind und das Dickicht der hohen Bäume verringerte die Temperatur merklich, was uns die Fortbewegung erleichterte.

Nachdem wir kleinere Säugetiere und Insekten mit dem Plooter gescannt hatten, hörten wir plötzlich so etwas wie Schreie. Deloor 5 schien ebenso überrascht zu sein wie ich und wir sahen uns an:

Diese Schreie hatten etwas Verzweifeltes, aber auch Vertrautes an sich.

Sie klangen seltsamerweise menschlich.

Das hatten wir nicht erwartet und es war klar, dass wir diesem Phänomen auf den Grund gehen mussten.

Mit unseren Photonen schossen wir uns einen Pfad durch das Dickicht frei und erreichten eine kleine Anhöhe im Wald, von der man einen guten Blick auf weniger bewaldetes Gelände hatte.

Deloor 5 stellte die Überlegung an, ob es sich bei diesem Gebiet mit von Pflanzen überwuchernden Gesteinshügeln und Geröll um eine ehemalige Siedlung oder gar Stadt handeln könnte. Ich sah dafür keine Anzeichen und konnte seine Vermutung nicht teilen. Es gab keine Möglichkeit für eine nähere Geländeanalyse, da wir uns schon im nächsten Moment mitten in einer außergewöhnlichen Situation wiederfanden. Es präsentierte sich uns ein Anblick, der mir fast den Atem raubte.

In unmittelbarer Sichtweite bei Q plus/50 streckte sich ein etwa Q plus 3 großes Tier an einem Baum in die Höhe, um irgendetwas hoch oben im Wipfel zu erreichen. Es stand auf seinen Hinterpfoten und machte Versuche zu klettern, was dem Tier aber misslang.
Es klingt unglaublich, aber das Biest ähnelte stark einem Wesen, das in den Chroniken über unsere verlorene Welt als Ratte bezeichnet wird. Aber es war viel größer und ausgeprägter als in der Überlieferung beschrieben.
Dann konnten wir auch den Urheber der Schreie lokalisieren, die Beute. Im obersten Ast des Baumes saß ein uns Menschen ähnliches Tier. Es war nackt, am ganzen Körper stark behaart und hatte etwa unsere Größe. Seine Augen waren vor Panik geweitet und es warf beim Schreien den Kopf wild hin und her.

Wir waren ja bereits von diesem rattenartigen Biest völlig überrascht worden, aber einen menschenähnlichen Primaten anzutreffen…das ist uns in all den Jahren bei unseren Expeditionen durch die Galaxien und endlosen Sonnensysteme noch nie zu Teil geworden.
Es ist ein Wunder, eine Unmöglichkeit, die mit einem Mal doch real geworden ist. Man stellt natürlich sofort Überlegungen an, ob diese menschenähnlichen Wesen eventuell

unsere Vorfahren oder auch degenerierte Nachfahren sein könnten. Tausend Gedanken rasten durch meinen Kopf:
Haben wir den Planeten Erde gefunden, den Ursprung unseres Daseins? Ist dies hier vielleicht das verlorene Paradies?
Oder ist das die wiederentdeckte Hölle?
Es gab keine Zeit für eine Aussprache oder Kommunikation mit Deloor 5. Es ging ohne Unterbrechung weiter. Unser Handeln und Tun waren nur noch spontane Reaktionen auf das Geschehen vor uns.

Denn jetzt erst hatten wir eine Gruppe bemerkt, eine Horde dieser menschenähnlichen Kreaturen. Sie hatten sich seitlich am Kopfende des rattenartigen Ungetüms positioniert und schrien und lärmten auf das Tier ein. Ich registrierte, dass einige von ihnen bewaffnet waren, primitiv, aber trotzdem wehrhaft, mit langen Spießen oder Speeren. Damit attackierten sie den Nager immer wieder und landeten auch einige Treffer. Die Ratte, wenn ich sie mal als solche bezeichnen darf, schien so sehr auf ihr Opfer fokussiert zu sein, dass sie sich kaum um die Angreifer kümmerte. Selbst kleine, blutende Wunden unter ihrem Fell, verursacht durch die langen spitzen Stöcke, schien sie zu ignorieren.
Interessant bei dieser Beobachtung:
Die Tatsache, dass sich eine Horde unter Einsatz des eigenen Lebens so für einen Einzelnen einsetzt, spricht für ein ausgeprägtes und fortschrittliches Sozialverhalten, wie wir es von uns Menschen kennen.

Ich denke, dass es genau dieser Punkt war, welcher Deloor 5 dazu veranlasste, ohne Absprache unsere Beobachtungsposition zu verlassen und zu einer aktiven Handlungsposition zu wechseln.

Wie gesagt: Es gab keinen Dialog zwischen uns beiden. Ich sah, wie der Kommandant seine Photonen Waffe zog und zielstrebig auf das angreifende Tier zuging. Es war auch höchste Zeit, denn der Primat hoch oben im Baum klammerte sich nur noch mit letzter Kraft an einen Ast.
Deloor 5 machte mit dem Ungetüm kurzen Prozess. Er lief auf der gegenüberliegenden Seite der Horde halb um den Baum herum und schoss der Ratte zwischen die Augen. Das Tier quiekte kurz auf und krachte dann wie ein Stein zu Boden. Eine merkwürdige, bedrohliche Ruhe breitete sich aus.
  Alles war still.
Die menschenähnliche Gruppe stand staunend mit offenen Mündern da. Die Primaten blickten ungläubig zum Kommandanten herüber. Der Abstand zwischen ihnen betrug etwa Q plus /15.

Ich hatte angenommen, dass er sich nach der Intervention direkt wieder zur Ausgangsposition zurückziehen würde. Stattdessen hob er die Hände und begann ruhig, aber bestimmt zu sprechen. Dabei näherte er sich behutsam der Gruppe.
Aufgrund der Entfernung konnte ich nicht verstehen, was er sagte, aber das Protokoll zum Ablauf einer möglichen Kontaktaufnahme ist in solchen Fällen ja klar definiert.
Einige der Wesen begannen sich auf den Boden zu werfen, fast wie bei einem Ritual oder gleich einer Unterwerfungsgeste.
Andere Mitglieder der Horde schienen unfreundliche Zeichen zu geben, gestikulierten, schwangen bedrohlich die Stöcke und schrien Laute oder Worte. Während Deloor 5 immer weiter auf die Gruppe einredete wurde die Stimmung noch aufgeregter.

Plötzlich geschah das Unfassbare: Aus der Menge heraus warf einer der Primaten einen Speer, spitzen Stock oder eine ähnliche Waffe mit großer Wucht auf Deloor 5.
Das Geschoss bohrte sich tief in seine Brust.
Ich habe entsetzt aufgeschrien und wurde sofort entdeckt.
Einer der Bewaffneten deutete mit dem ausgestreckten Arm in meine Richtung und alle stürmten kreischend auf mich los. Ich konnte gerade noch sehen, wie einer der Angreifer dem am Boden liegenden Kommandanten mit einem schweren Stein erbarmungslos den Schädel zertrümmerte.
Spätestens jetzt war klar, dass diese Aktion für ihn das Ende bedeutet hat. Es gab keine Option mehr für eine Rettungsmission. Es ging nur noch um mein Leben.
Einige der Primaten erschoss ich mit meinem Photon, worauf die Gruppe respektvoll stehen blieb. Seltsamerweise schienen sie sich nicht wirklich zu fürchten. Es sah eher so aus, als ob sie untereinander diskutierten, was jetzt zu tun sei.

Ich hielt dies für einen passenden Moment, um mich zurückzuziehen. Anscheinend hatte die Gruppe beschlossen, von einer Verfolgung abzusehen, denn ich erreichte ohne weiteren Zwischenfall unversehrt den Gleiter am Rand der Ebene. Ich startete das Programm und kehrte zurück zu Mutter. Nach dieser für mich sehr bewegenden Schilderung der Ereignisse zum Tod von Deloor 5 folgt zum Abschluss meines Berichtes eine Bewertung zu Planet 517.

*Auswertung und Einschätzung zum möglichen Siedlungs-
gebiet Planet 517 in der Luma Galaxie:*

Ob es sich bei 517 um den lang gesuchten Ursprung der
Menschheit handelt, den Planeten Erde, kann ich nicht
bestätigen. Hierzu folgt ein detaillierter Bericht mit der
vollständigen Analyse aller von uns gemachten Untersuchungen. Trotz der Trefferquote A erscheint mir dieser
Planet in der jetzigen Situation nicht optimal zu sein. Ich
würde ihn nur als *'Beschränkt Siedlungsfähig'* einstufen.
Die klimatischen Schwankungen und die teilweise
sprunghaft ansteigende Radioaktivität auf 517 sind dabei
nicht die ausschlaggebenden Gründe für meine Bewertung. Vielmehr müsste man sich bei einer Kolonisierung
über die Aggressivität der beschriebenen Primaten Gedanken machen. Obwohl diese uns Menschen nicht unähnli-
che Gattung über ein gewisses Maß an Intelligenz und
auch Sprachkompetenz verfügt, sind es gerade diese Ei-
genschaften, welche, gekoppelt mit einer zügellosen Bru-
talität, diese Welt vor extreme Schwierigkeiten stellen
könnten.

Die Tatsache, dass diese Wesen heute nicht an der Spitze
der Nahrungskette stehen, ist bedeutungslos. Die Primaten
töten nicht allein aus Hunger oder zu Zwecken der Verteidigung. Sie töten auch aus Unwissenheit, Boshaftigkeit
und Habgier. Beim Bergen des Leichnams von Deloor 5
durch Rettungsteam *RE 2* wurde dieses Gesamtbild bestätigt. Der Helm und die Photonenwaffe des Kommandanten
wurden gestohlen. Ich möchte mir nicht vorstellen was mit
dieser Welt passiert, wenn die Primaten eine solche Waffe
zu benutzen wissen. Überhaupt ist es absehbar, dass diese
Gattung sich an die Spitze vorkämpfen wird: Durch Ein-
fallsreichtum, durch ihre handwerklichen Fertigkeiten und

120

aufgrund dem unbedingten Wille zur Macht. Diese Bewohner von 517 haben durchaus das Potential, die grün-blaue Idylle irgendwann einmal ins Chaos zu stürzen und den Untergang herbei zu führen. Sie sind die wahren Tiere dieses Planeten. Im Falle einer Besiedlung von 517 plädiere ich für eine präventive, komplette Auslöschung dieser Spezies. Risiken durch andere Tierarten auf 517 sind für uns abschätzbar und durchaus kontrollierbar. Aber diese Primaten müssten vollständig eliminiert werden.

Zum Schluss folgt noch eine persönliche Anmerkung:

Sollte es sich herausstellen, dass es sich bei Planet 517 wirklich um die Erde handelt, die Wiege unserer menschlichen Rasse, dann besteht die berechtigte Frage:
  Was ist hier passiert?
Wenn diese Primaten Nachfahren von uns sind, dann sehen wir in ein abartiges Spiegelbild unserer früheren Zivilisation. Ich hoffe inständig, dass dies nicht zutrifft.

Deloor 18
Subkommandantin der dritten Raumflotte von Sedina.
Ende und Aus.

Stunde Null

Teil 1
Der Angriff

„Prost Schwammkopf. Auf uns, die Bewahrer von Trink-
kultur und praller Lebenslust."
Der alte Mann erhob seinen Becher. Die gelbe, quadratische Stofffigur auf dem Regal blickte ihn zufrieden und
aufmunternd an.
Er nahm einen bedächtigen Schluck, nicht gierig, sondern
langsam und erhaben.
„Weißt du, mein gelber Freund", schmatzte er genüsslich, „wir beide wissen, dass man die Dinge so nehmen
muss, wie sie kommen. Der Tanz auf dem Vulkan macht
nur Laune, wenn man nichts zu verlieren hat. Die Kunst
dabei ist aufzupassen, dass man sich die Füße nicht ver-
brennt."
Jan grinste zufrieden.
Er offenbarte mehrere schwarze, wurzelholzähnliche
Stummel, die man einmal Zähne genannt hatte.
„Das ist es, was ich an dir schätze, mein alter Schaum-
kamerad. Du unterbrichst mich nie oder meckerst an mir
herum, auch wenn ich mal einen im Tee habe."
Der Alte stellte den Becher mit dem selbst gebrannten
Fusel auf einen kleinen Beistelltisch. Das Zeug schmeckte
nach bitteren Gräsern und fauligem Moos, aber er hatte
sich nach all der Zeit daran gewöhnt. Seit über 10 Jahren
harrte er hier nun aus, versorgte sich selbst und ließ keinen
Menschen an sich heran.
So hatte er es damals schon vor 30 Jahren gehalten, als er
sein Leben an den Nagel hing und ausstieg.

Die Prepper - Szene war eine gute Schule gewesen. Er hatte dort genau jene Leute getroffen, die düster in die Zukunft blickten und sich für den Tag X vorbereiteten.
Bei den meisten dieser Leute war die politische Einstellung zwar fragwürdig, aber die logistischen und handwerklichen Fähigkeiten erwiesen sich für seine Belange als nützlich.
Und jetzt war es wohl soweit.

„Es ist genauso passiert, wie alle befürchtet haben. Ich weiß es seit drei Wochen, ich habe selbst ein paar von den armen Schweinen draußen herum torkeln gesehen. Es werden immer mehr…und dann wieder immer weniger."
Er fing an zu lachen, als habe er gerade einen guten Witz erzählt bekommen.
Sein graues Haar stand wirr nach allen Seiten ab und war für sein beträchtliches Alter von knapp 80 Jahren noch recht voll, bis auf ein paar kleine Geheimratsecken.
Jans Gesicht war braun und faltig.
Seine spitze Nase stand gleich einem Geierschnabel über einem Stoppelbart - Kinn und thronte über dem recht schmalen, drahtigen Körper. Die dünnen Beine steckten in schwarzen Militär - Boots und abgetragenen Lederhosen.
Sein Oberkörper hatte trotz täglicher Liegestützübungen und dem lästigen, gymnastischen Training schon bessere Tage gesehen. Jan trug ein altes, zerlumptes Totenkopf T-Shirt mit der Aufschrift *'Social Distortion'*.
Er fand das passend.
Da der Farbdruck der Aufschrift kaum noch leserlich war, hatte er ihn mit einer Farbe mehr schlecht als recht nachgepinselt.

„Musik, Spongebob!", grölte er. „Jetzt wird gefeiert!"
Jan schlurfte langsam zum Bett, betätigte den antiken, silbernen Plattenspieler und drehte die winzige 20 Watt

Anlage auf volle Lautstärke. Plärrend und zerrend erklang der erste Song.

Jan fing an zu tanzen.

Zumindest sah es in seinem angetrunkenen Zustand nach Tanzen aus.

„Ah ja, das ist der Soundtrack zum Untergang - wie anno '81 bei den Chaos - Tagen...Attacke!!!"

Jans Bewegungen wurden schneller und schließlich fiel er polternd nach hinten weg.

Glücklicherweise verfehlte er knapp die kantige Kühltruhe.

„Aua!"

Er saß auf dem Boden und rieb sich das Steißbein. Kreischend fuhr ihn die Musik aus dem Plattenspieler auf direkter Ohrhöhe an.

„Ich fürchte nicht um mein Leben, ich hab' nur Angst, vor dem Schmerz!", orakelte der Sänger der *Fehlfarben*.

„Oh fuck..."

Jan nahm ein Buch, das achtlos neben ihm lag und zielte auf den Plattenarm. Er traf nur das Gehäuse, aber die Nadel verrutschte quietschend und es wurde still im Raum.

„Fuck- fuck -fuck!", schimpfte der alte Mann und erhob sich ächzend und umständlich. Schnell lugte er misstrauisch zu der gelben Stofffigur rüber: Spongebob schien sich nicht lustig über ihn zu machen.

„Guter Schwammkopf, guter Freund, auch wenn' s mal eng wird", brabbelte er vor sich hin.

Plötzlich ging der Alarm los…ein ganz besonderer Alarm.

„Verdammt, das sind die Bewegungsmelder! Scheiße aber auch!"

Jan sah rüber zu der linken Wand, wo die Präzisionsarmbrust hing. Er entschied sich um, griff unter das Bett und holte eine alte Pump Gun hervor.

„Entweder ein paar Tiere oder...man weiß ja nie", brummte er. „Sicher ist sicher."

Er zog sich eine braune, abgewetzte Ledermütze Marke Elbsegler tief ins Gesicht und schnaufte.

„Na, dann wollen wir doch mal sehen..."

In der anderen Ecke hinter der Kochnische befand sich eine Stahltür. Jan entriegelte die schweren Sicherheitsschlösser und öffnete die Tür. Eine schmale Treppe führte nach oben. Umständlich zwängte er sich hinauf.

„Pass hier unten bloß gut auf alles auf, Spongebob!", rief er hinunter. Dann öffnete er quietschend eine versiegelte Luke und krabbelte ins Freie.

„Mon Dieu, sie bringen schon wieder zwei Leute rauf. Die bluten aus allen Öffnungen! Michael und Jean-Claude, verdammt noch mal, wo seid ihr? Sofort auf Station, toute de suite!"

Jean-Claude stellte die Kaffeetasse ruckartig ab und verschüttete den kläglichen Rest über Michaels Hose.

„Pass doch auf, du Kretin!", zischte er. „Die Hose ist neu."

„Los, wir müssen sofort nach oben...Pause beendet, Hose hin oder her! Beweg' deinen Arsch, allez!", rief Jean-Claude.

Die beiden sprangen auf und hechteten durch die menschenleere Kantine in Richtung Treppenhaus. Geschickt schlängelten sie sich sportlich durch die zahllosen Patienten, die hier im Hospital aus Gründen der absoluten Überbelegung und aufgrund der extremen Situation achtlos in Betten, auf Stühlen oder am Boden der Korridore dahinsiechten. Einige dieser unglückseligen Menschen wälzten sich mit Krämpfen und wilden Zuckungen auf den blanken Kacheln. Man musste zu einem riskanten Sprung ansetzen, wie bei einem Hindernis Parcours.

„Apropos Arsch", keuchte Michael in vollem Lauf. „Jedes Mal, wenn ich Bernadettes Stimme höre, also sogar über die Sprechanlage, da muss ich an ihren krass perfekten Hintern denken." Sie erreichten die ersten Treppenstufen und Jean-Claude grinste:

„Ja, aber sie ist die Chefin hier und wir nur kleine, mickrige Medizinstudenten. Da kannst du gerne weiter träumen, die lässt dich sowieso nicht ran. Da passt der geile Bock Balu schon auf, glaub's mir...uh, diese verfluchten Treppen!"

Fast alle Aufzüge des *Hopitaux Universitaires* in Straßburg waren seit Monaten defekt und man hatte sie einfach als Zwischenstation für die vielen Leichen umfunktioniert.

Da seit Tagen die Abholung durch die städtischen Behörden nicht mehr richtig funktionierte, zog sich der Gestank der Verwesung gnadenlos durch das gesamte Treppenhaus.

„Bitte...bitte, helfen Sie uns, Monsieurs."

Der Mann am Boden im zweiten Stockwerk streckte den beiden Läufern flehentlich seine zitterige Hand entgegen.

Er kniete vor einer Frau die aus Mund, Nase und Ohren blutete. Sie schien fast tot zu sein.

Jean-Claude kannte die beiden Leute.

Sie waren vor etwa drei Tagen hier hereingeschneit, aber bereits in einem Stadium, wo nichts mehr zu retten war.

Nur für die gerade frisch Infizierten gab es eine minimale Chance. Der Wirkstoff musste sofort, eigentlich unmittelbar nach der Ansteckung verabreicht werden. Soviel war bekannt, mehr aber auch nicht.

Die beiden jungen Praktikanten verschwendeten daher keine kostbare Zeit an die zwei armen Seelen und stürmten wortlos an ihnen vorbei. Es gab keine Rettung für sie.

Oben am Geländer tauchte die Gestalt von Bernadette auf. Sie warf ihr kastanienbraunes Haar zur Seite und rief:

„Hier, hierher...schnell, ich brauche Euch zum Fixieren. Ich muss eine Spritze ansetzten! Beeilung!"

Michael rannte dem Hintern von Bernadette hinterher, dicht gefolgt von Jean-Claude. Der Franzose grinste und hatte unfreiwillig ein skurriles Bild im Kopf: Steinzeitmensch auf Brautschau – in vollem Lauf.

Sie erreichten Raum 311.

Auf den Liegen saßen zwei Leute, eine Frau und ein Mann mittleren Alters, mit dunkler Hautfarbe, zerlumpter Straßenkleidung...vielleicht Obdachlose?

Das Weiße in ihren Augen spiegelte blanke Panik wider. Sie hielten sich Handtücher vor die Nasen, aber nichts konnte die Blutungen stoppen.

Beide waren geschockt, sprachen kein Wort und blickten hilflos umher. Jean-Claude und Michael versuchten schnaufend wieder zu Atem zu kommen.

„Hinlegen, Hinlegen...legt erst die Frau hin, rüber auf die Liege!", kommandierte Bernadette und hastete rüber zum Labor. Die beiden Praktikanten zogen sich Handschuhe über und fixierten die Frau bäuchlings auf einer der drei Pritschen. Sie schien verängstigt zu sein und zappelte unruhig herum.

Michael packte fest zu und dachte daran, dass die Spritze in den Nacken sehr schmerzhaft war und viele Patienten daher wild um sich schlugen und kratzten.

Da es kaum Informationen über den genauen Ansteckungsweg des Virus gab, wollte er kein Risiko eingehen. Er dachte nach.

Als es im Sommer 2038 zu den ersten Krankheitsfällen gekommen war, glaubte man in Frankreich noch an eine lokale Epidemie. Die Winter der letzten Jahre waren überdurchschnittlich warm gewesen.

Bei meist weit über 25 Grad im Januar konnten viele Krankheitserreger prächtig überwintern.

Das Sterben der Pflanzenwelt bei dauerhafter Hitze mit Trockenheit und Dürre, die Waldbrände rund um den Globus, die Verwüstung der mitteleuropäischen Zone, die konstante Übersäuerung und Erwärmung der Meere, die Stürme und die Überschwemmungen der Küstenstädte, die anarchistischen Zustände vor allem in den Großstädten, die sich auflösende Ordnung - als ob das für die geplagte Menschheit nicht schon Strafe genug war, tauchte dann noch dieses Virus auf.

Colbert nannten sie es, nach einem Professor aus Paris, aber die Deutschen nannten es Zimmer – Lander nach zwei anderen Wissenschaftlern und in Japan hieß es vermutlich Mio Son.

Heute, ein Jahr später, war klar, dass es sich um eine weltweite Pandemie handelt. Anders als bei Sars oder Corona sterben die Leute flächendeckend wie die Fliegen und niemand hat eine genaue Erklärung dafür. Als das Internet noch funktionierte, nannten sie es Grippe. Nun gibt es keine Informationen mehr, die Screens und Tablets, die Smart - Watches – alles war seit drei Tagen offline. Die letzten Nachrichten besagten, dass sich die Schleimhäute und das Gewebe auflösen und die betroffenen Menschen einfach...

„Michael! Verflucht, Michael! Wo bist du denn nur mit deinen Gedanken!“, schrie Bernadette und riss ihn aus seinen Tagträumen. „Die Schnalle am Bein, mach' sie zu, es geht los. Und hör' auf mir auf die Titten zu glotzen!“
Jean-Claude grinste frech und Michael sah, dass sein Freund ebenfalls eine Schnalle noch nicht fixiert hatte. Fast im gleichen Moment führte Bernadette die Nadel zwischen den Halswirbeln ein.

Die Frau schrie auf und versetzte Michael reflexartig einen Tritt gegen das Knie. Er schrie auf.

„Oh verdammt! Aua! Mensch, pass' doch besser auf, du elsässischer Halbfranzose!"
Er war ziemlich wütend und zog eine schmerzhafte Grimasse.

Jean-Claude zog das Bein der Frau gewaltsam zurück auf seine Seite und zog die Schnalle fest.

„Sale Boche!", fauchte er seinen deutschen Mitstudenten an. Eigentlich waren sie seit Jahren gut befreundet und die Nationalität spielte gar keine Rolle. Es war ihnen egal, auf welcher Rheinseite die Geburtsurkunde ausgestellt worden war. Die kleinen, rassistischen Beleidigungen der Medizinstudenten untereinander gehörten eher zu einer Art Spiel oder Freizeitbeschäftigung in der Grundausbildung, derbe, kumpelhafte Sticheleien und scherzhafte Ressentiments.

Für ihr Medizinstudium hatten sie sich gemeinsam erfolgreich für ein Praktikum in Straßburg beworben. In den letzten Wochen glich dieser Job nur noch einem Überlebenskampf, einer grausamen Realität von Erkrankung und Tod. Die Frage war, wie lange es dauern würde, bis es auch einen von ihnen erwischen würde.

„Ich habe die Schnauze voll!", knurrte Michael.

„Nicht so viel Quatschen, weiter festhalten!"
Bernadette war fertig und die Patientin schien in eine Art Trance oder Schockstarre gefallen zu sein.

Sie rührte sich nicht mehr und blickte mit glasigen Augen zur Seite. Die drei Helfer wandten sich dem zweiten Patienten zu – er war verschwunden. Sein Platz war leer.

„Hallo!! He!"
Bernadette stürmte aus dem Zimmer hinaus auf den Flur.

„Der...der ist einfach abgehauen. Ja gibt es denn so etwas, merde alors.“

Michael entledigte sich seiner Handschuhe und warf sie in den großen Behälter in der Ecke.

„Na, und wenn schon!“, rief er missmutig.

„Lasst ihn laufen, ist doch seine Sache! Ist sowieso alles sinnlos. Alles vorbei, Ende, Finito und Aus!“

Jean-Claude sah ihn tadelnd an:

„Jetzt komm‘ mal wieder runter, mon ami. Was soll das? Es bringt doch nichts. Das hier ist eben unser Job, unsere Aufgabe.“

„Job??? Haha! Aufgabe??“

Michael wurde jetzt richtig pampig.

„Du tickst doch nicht richtig, Jean-Claude. Hast du schon mal aus dem Fenster gesehen, Asterix? Die liegen sogar hier tot auf der Straße, die fallen einfach um wie ein Sack Mehl in China!“

„Reis. Es heißt eigentlich Reis, Michael.“

„Ach, lass mich doch in Ruhe mit dem Mehl oder Reis – Scheiß! Du weißt genau, was ich meine und das habe ich dir schon letzte Woche gesagt. Wir sollten hier verschwinden, wir sollten nicht mehr hier sein.“

„Ach ja?“ Jean-Claude trat zwei Schritte vor und blickte seinem Freund in die Augen. Michael hasste diese Geste der Nähe, denn er war ein Kopf kleiner und hatte dann das Gefühl, dass er gezwungen war, zu seinem Freund aufzublicken.

„Ja, du meinst diese verrückte Geschichte, die du mir erzählt hast, die von deinem ominösen Onkel auf der anderen Rheinseite bei Kehl? Das kann doch nicht dein Ernst sein?“

„Ich meine es genauso, ich habe dir bereits gesagt, der...“ Doch weiter kam Michael nicht. Bernadettes Schrei gellte durch den Korridor.

Ihre Stimme hatte jetzt gar nichts mehr von Hintern.

Sie klang nach Horror.

Die jungen Männer stürmten aus dem Zimmer.

Auf dem Gang stand Bernadette und hielt sich die Hände an die Schläfen. Ihr Mund stand weit offen, doch ihr Schrei war jetzt verstummt. Am Ende des Flurs wankte eine große, massige Gestalt in einem grünen Overall auf sie zu.

„Balu...ist das Balu?", rief Michael.

„Scheiße ja, es ist Balu. Verdammt, er blutet wie ein Schwein aus der Nase... den Augen auch, glaube ich", keuchte Jean-Claude.

„Doktor Barleau! Doktor Barleau, können Sie mich hören?"

Balu tapste wie ein angeschossener Bär taumelnd auf die Gruppe zu. Der Oberarzt der Straßburger Universitätsklinik war nicht mehr ansprechbar. Er kippte leicht nach vorne und ein Schwall Blut schoss aus seinem Mund und färbte die weißen Bodenkacheln rot.

„Eine Spritze, schnell, das Serum...Jean-Claude, hol' das Serum!"

Bernadette hatte ihre Stimme wiedergefunden und wie automatisch erfolgten die Kommandos nach dem einstudierten Hilfeplan. Balu saß jetzt auf dem Boden und grunzte. Michael beugte sich nur kurz über den Chefarzt und wich dann zurück. Er wollte ihm nicht zu nahekommen.

„Na los doch, tut doch etwas!" schrie die Oberkrankenschwester.

Jean-Claude blickte Bernadette an und schüttelte plötzlich mit dem Kopf. Dann sagte er zu Michael: „Du hattest Recht, mon ami. Wir müssen hier weg. Wir...wir hauen ab. Die Sache läuft aus dem Ruder."

Jean-Claude legte seine Hand auf Michaels Schulter.

Bernadette riss ihre schönen Augen noch weiter auf.

„Wie? Was? Abhauen? Was soll das jetzt bedeuten? Seid ihr verrückt, das könnt ihr doch nicht machen?"

Michael schnitt ihr das Wort ab. „Es ist zwecklos, Bernadette. Sieh es ein. Die Welt geht den Bach runter. Wir werden uns hier drinnen alle infizieren. Schau dir doch Balu an. Wir müssen von hier sofort verschwinden, jetzt gleich. Komm mit, Bernadette."

Bernadette keuchte.

Jetzt verengten sich ihre Pupillen zu zwei gefährlichen, kleinen Schlitzen.

„Ihr...ihr elenden Feiglinge. Ihr Versager! Dann haut ab, haut doch alle ab!"

Bei den letzten Worten schrie sie fast hysterisch.

„Lass uns starten, mit oder ohne ihr", sagte Michael. „Wir hätten das schon vor Tagen machen sollen."

„Hätten das schon vor Tagen machen sollen...", äffte Bernadette sie nach. „Ja, verschwindet doch endlich, ihr elenden Schwuchteln!", schrie sie außer sich.

Michael blickte sie an. Er empfand Zuneigung für sie, aber er wusste, wie er sich jetzt entscheiden würde.

„Lass' das doch, Bernadette. Ich bin nicht schwul, das weißt du genau. Ich bin bi und überhaupt ist das gerade völlig egal. Ich mag dich gerne, das weißt du. Komm' doch mit uns, gib dir einen Ruck. Wir gehen hier drinnen alle drauf."

Bernadette sah ihn an, dann blickte sie auf den blutenden Balu. Im nächsten Moment machte sie auf dem Absatz kehrt und stürzte in das Labor zurück. Sie hatte sich ebenfalls entschieden.

Die beiden Freunde rannten die Treppen wieder runter, den gleichen Weg, den sie eben gekommen waren, diesmal Richtung Ausgang. Auf der untersten Stufe stand ein Junge von vielleicht acht Jahren. Er weinte laut und herzzerreißend. Er blickte einfach stumpf vor sich hin und heulte Rotz und Wasser. Jean-Claude zwang sich, seinen Blick abzuwenden, während ihm auch die Tränen herunterliefen.

„Oh lieber Gott, mon Dieu. Was passiert denn hier?"

„Komm' jetzt", schrie Michael. „Hier entlang! Nein, hier runter, wir müssen in die Tiefgarage. Wir nehmen den Roller!" Jean-Claude bremste abrupt ab und packte seinen Freund am Kragen.

„Ist das der Witz des Tages? Deine alte, stinkende Rostlaube auf zwei Rädern mit einem Verbrennungsmotor aus dem letzten Jahrhundert?"

„Was willst du? Die Vespa ist unsere einzige Chance!", erwiderte Michael.

„Oder möchte der Herr ein Taxi rufen? Meinst du, irgendetwas bewegt sich hier draußen noch? Willst du über die Rheinbrücke laufen, das sind gute 15 Kilometer bis zu meinem Onkel...außer du hast Bock da rüber zu schwimmen und eventuell dabei zu ersaufen!"

„Hör' mal", erwiderte Jean-Claude.

„Die Dinger sind hier in Frankreich seit zehn Jahren verboten und wenn sie uns drüben damit erwischen, stecken uns deine deutschen Grün - Faschisten glatt als CO_2 Verbrecher auf diese Gefängnisinsel für eure Umweltsünder...Halgoland...oder wie heißt die nochmal?"

„Helgoland", verbesserte Michael.

„Die heißt Helgoland."

„Und überhaupt, was willst du? Wir hatten die Wahl zwischen Ökodiktatur und Neofaschismus. Wenn du mich fragst, Pest oder Cholera. Wenn du dir andere Länder wie

zum Beispiel die USA ansiehst, mit Präsidentin White, der alten Schrulle, weißt du, dass es auch schlimmer geht: Radikalchristlicher Fundamentalismus! Da geht man für Blasphemie direkt in die Todeszelle."
Michael deutete in Richtung Tiefgarage.

„Also was jetzt? Willst du laufen, schwimmen oder ein wenig subversiv herumknattern? Der Tank müsste noch halb voll sein und im Übrigen kann ich dich beruhigen: Ich schätze, dass auch drüben das Chaos herrscht. Da ist es unwahrscheinlich, dass uns ein Flic oder ein Verkehrswachtmeister aufhält. Wenn wir jetzt losfahren, sind wir in einer halben Stunde drüben."
Jean-Claude wusste, dass Michael Recht hatte und willigte ein.

„Rien ne va plus. Alors, on y va. Mach' das Ding schnell startklar, ich warte draußen am Tor."

Die *Rue David Richard* war ohne Leben.
Auf der Straße lagen ein paar Leichen mit grotesk verdrehten Gliedmaßen. Im Westen qualmte es, dichter schwarzer Rauch zog in ihre Richtung.
Brannte die alte Zellulosefabrik?
Einige E - Cars standen verwaist herum. Viele waren demoliert worden. Wahrscheinlich waren auch die Akkus leer und ohne den genetischen Besitzer Code waren sie gar nicht fahrbereit.
Jean-Claude tastete nach seinem Skalpell in der Jacke und dachte kurz daran, einer der Leichen einen Finger abzuschneiden und es an irgendeinem Car einfach zu versuchen.
In der Nähe kläffte ein Hund.
Dem Köter schien die ganze Sache nichts auszumachen.
Tiere wurden von der Epidemie nicht befallen.

Der Virus, wenn es denn einer war, griff nicht auf sie über. Die Tiere...verdammt, wo blieb Michael nur?

Jean-Claude fing an zu grübeln:

Diese irrwitzige Story von diesem Onkel Jan. Wenn das nicht stimmte, waren sie beide erledigt. Wenn aber doch etwas dran war?

Einen Versuch war es wert.

Falls der Typ tatsächlich immun gegen die Seuche war und sogar ein Heilmittel dagegen hatte, blieb doch die berechtigte Frage bestehen, warum er das nicht sofort den Verantwortlichen erzählt hatte? Die ganze Geschichte klang äußerst suspekt. Aber um sie zu überprüfen, mussten sie rüber auf die andere Seite des Rheins.

Es war gefährlich.

Gut, die seit Jahren abgeriegelten Banliues wie *Neustadt* lagen weit südlich und durch die City mussten sie auch nicht. Aber wer wusste schon, was sie auf der Europabrücke erwarten würde, jetzt wo alles hier zusammenbrach.

Ein lautes Knattern riss Jean-Claude aus seinen Gedanken und das Gatter der Tiefgarage öffnete sich. Er hielt sich die Nase zu.

Michael erschien mit dem total zerbeulten Roller. Der blaue Lack war inzwischen fast vollständig abgeblättert und aus einem hängenden Auspuff schoss eine bestialisch stinkende schwarze Wolke.

„Los, spring' auf, es geht los...bevor der Motor wieder absäuft!"

Sie rasten die Straße runter, erster Kreisel, zweiter Kreisel, immer weiter parallel zum Rhein. Richtung Süden, Richtung Brücke. Vor ihnen lag der Binnenhafen.

Zahlreiche Fahrzeuge und Leichen säumten den Weg und Michael war gezwungen, zick zack zu fahren. An große Geschwindigkeit war somit nicht zu denken.

Der alte Roller stotterte vor sich hin und selbst wenn die Straße mal frei war, schafften sie kaum mehr als 40 km die Stunde. Sie erreichten das Hafenbecken und Michael bremste scharf. Die halb platten Reifen der Vespa eierten gefährlich herum, aber sie schafften es, mit Hilfe ihrer Füße zu verhindern, dass der Roller umkippte.

„Aii! Kretin, warum bremst du? Ich breche mir noch die Beine!"

Michael deutete auf die Hafenbrücke.

„Da vorne!!!"

Jetzt sah Jean-Claude es ebenfalls.

Auf der Brücke stand eine Gruppe Kids herum, vielleicht 14, 15 ,16 Jahre alt, bewaffnet mit Baseballschlägern und anderen Utensilien. Sie schienen nicht infiziert zu sein und blickten hämisch grinsend in ihre Richtung.

„Das….das sieht nicht gut aus. Was machen wir?"

Noch bevor Michael antworten konnte, ertönte ein Knall auf der Brücke.

Schreiend stob die Gruppe auseinander und drehte sich in die andere Richtung. Von dort stürzte eine weitere Meute auf die Halbwüchsigen zu, ebenfalls bewaffnet und anscheinend zu allem bereit.

Michael gab Vollgas.

„Was machst du?", schrie Jean-Claude.

„Festhalten, das ist unsere Chance. Duck' dich!"

Die Vespa raste auf die beiden Gangs zu, die erbarmungslos aufeinander eindroschen. Sie schienen sich nicht mehr um den Roller zu kümmern.

Ein großer, rotblonder Typ versuchte noch, Michael in voller Fahrt mit einem Knüppel zu treffen, schlug aber nur den rechten Außenspiegel ab.

Dann waren sie durch.

Jean-Claude zitterte am ganzen Leib und hielt sich fest. Sie sprachen kein Wort mehr.

Es ging zielstrebig in Richtung Grenze. Im Westen tauchten die Pfeiler der Europabrücke auf. Noch 1 Kilometer bis zum Rhein, 500 Meter, 400 Meter, 300 Meter...

„ACHTUNG!"

Michael bremste und diesmal schlug der Vorderreifen nach rechts weg. Krachend legte sich das Gefährt auf die Seite und die beiden Freunde landeten auf hartem Beton.

Der Roller lag am Straßenrand.

Öl und Benzin liefen aus, es fing an zu brennen.

Michael war nach einer reflexartigen Rolle sofort wieder auf den Beinen und rannte zu dem am Boden liegenden Jean-Claude.

„Steh' auf, los wir müssen weg...kannst du laufen? Jean-Claude, wir müssen rennen!!!"

Jean-Claude blickte ihn verständnislos an. Dann sah er das Blut an seiner Schulter.

„Sie schießen! Die schießen auf uns! Wir müssen abhauen! Los!!! Komm hoch, das ist nur ein Streifschuss, steh' auf, steh' auf!!", schrie Michael.

Jetzt erfasste der am Boden liegende Jean-Claude die Situation. Er setzte sich auf und sah in Richtung Grenze: Betonsperren, Soldaten, die Armee, alles war komplett abgeriegelt. Wieder pfiffen Gewehrkugeln an ihnen vorbei.

„Nach links, runter und nach links durch die Büsche, rüber, dort drüben ist eine Eisenbahnbrücke!", kommandierte Michael.

Er sprang auf und lief in geduckter Haltung los, dicht gefolgt von seinem Freund. Irgendjemand brüllte ihnen hinterher. Dann erreichten sie das rettende Dickicht.

„Mach' es mir nach", rief Michael.

Er zog seine weiße Arbeitsjacke aus und wickelte sie um seine Hände, um sich durch Dornen und Gestrüpp den Weg zum Fuße der stählernen Tram-und Eisenbahnbrücke zu bahnen. Keuchend kletterten sie an der Böschung nach oben und erreichten den Fuß der Brücke.

Sie rannten zwischen den Gleisen und erneut ertönten Schüsse und laute, hektische Kommandos der Soldaten. Die Beiden hatten jetzt gute 30 Meter zurückgelegt. Unter ihnen floss das braune, lehmige Wasser des Rheins.

Dann war Schluss.

„Spring! Jetzt!“

Michael war stehen geblieben und zeigte nach Osten. Jean-Claude entdeckte, dass 150 Meter weiter von der deutschen Seite aus ebenfalls Uniformierte auf sie zustürmten.

Kurz dachte er daran, wie er einmal als Kind im Schwimmbad auf dem 10 Meter Turm gestanden hatte.

Damals wollte er nicht springen.

Er hatte Angst gehabt und Anstalten gemacht, die Leiter wieder nach unten zu klettern. Aber als er das hämische Lachen und die fiesen Kommentare seiner Klassenkameraden vom Beckenrand aus vernahm, hatte er Anlauf genommen und war doch gesprungen. Danach konnte er drei Wochen seinen rechten Arm kaum noch bewegen.

Nun gut.

Heute war sein Arm bereits lädiert.

Also war es egal.

„Wir sehen uns drüben! So oder so!“

Jean-Claude sprang.

Michael folgte ihm ohne zu zögern.

Die kalten, schmutzigen Wasser des Flusses nahmen sie auf und schlossen sich über ihnen zusammen.

Der Bunker war gut getarnt.
Von außen sah man nichts als eine verwitterte, halb verfallene Gartenhütte. Dichtes Grün umgab das verwilderte Grundstück abseits der alten Nato Straße bei Auenheim.
In der Nähe gab es eine alte Kiesgrube und einen verseuchten Baggersee, aber kein Pfad oder Weg deutete auf das perfekte Versteck hin.
Wenn Michael vor Jahren nicht schon einmal hier gewesen wäre, würde er planlos herumirren. So aber schleppte er Jean-Claude zielsicher weiter. Beide waren immer noch nass und mit Schlamm bedeckt.

„Ein Wunder. Ein Glück, dass wir nicht ertrunken sind.“

„Oder noch mehr Kugeln gefangenen haben“, ergänzte Jean-Claude und verzog schmerzhaft das Gesicht.

„Es ist nur ein Streifschuss, entspann' dich.“
Michael schüttelte den Kopf von rechts nach links und entledigte sich des restlichen Wassers in den Ohren.

„Das hätte ich nie gedacht, dass die die Grenzen jemals schließen...und dann auch noch herumballern! Wir sind doch immer noch ein Europa!“
Jean-Claude kicherte angestrengt.

„Ach ja, ein Europa? Ein Europa der Konzerne und der Lobbys, das weiß doch jeder. Und denk' mal an die letzte Flüchtlingswelle 2031. Da haben sie es doch genauso gemacht: Tausende Tote, brutalster Militäreinsatz. Erinnerst du dich?“
Michael spuckte sich jetzt den restlichen Schlamm aus dem Mund.

„Du bist vielleicht witzig. Da war ich gerade 11 und noch frisch hinter den jungen Ohren. Das hat mich nicht interessiert, ist komplett an mir vorbeigelaufen.“ Er deutete auf die baufällige Hütte.

„Ich glaube wir sind da. Dort drüben ist es.“

„Es sieht nicht aus wie ein Bunker oder Unterschlupf. Bist du dir sicher?", fragte Jean-Claude ungläubig.

„Ja, ich bin mir sicher. Es ist gleich dort drüben. Ich war vor ein paar Jahren schon mal hier. Ich habe dem Alten Vorräte und allerlei Krimskrams vorbeigebracht."
Michael äugte angestrengt zur verfallenen Hütte rüber. Niemand war zu sehen. Trotzdem wollte er vorsichtig sein. Am Ende hatte der alte Irre noch Fallen oder ähnlichen Mist aufgebaut.

„Kannst du ihn nicht irgendwie anfunken? Du hast doch noch deine Smart - Watch. Ich habe meine im Fluss verloren, merde." Jean-Claude machte ein säuerliches Gesicht.

„Da war mein Zugang für die Personal Cloud mit sämtlichen Updates drauf. Wie komme ich da jetzt wieder ran? Mein Leben ist ruiniert."

„Als ob das jetzt noch wichtig wäre", fauchte Michael ihn an. „Wir sind sowieso alle am Arsch. Und nein: Den Alten kann man nicht anfunken. Das ist ein überzeugter Anti-Digitaler, so 'ne Art Analog Rebell. Wenn du irgendwo ein altes Trucker -Funkgerät im Ärmel versteckt hast, lass' es mich wissen, denn so etwas könnte in seinem Falle funktionieren."
Michael starrte auf seine Smart - Watch. Das Netz war immer noch tot und er konnte keine Verbindung mit seinem implantierten Bio -Chip herstellen.

„Die Hände in den Nacken und schön langsam umdrehen, ihr Sumpfratten!"
Jean-Claude zuckte zusammen.
Wie konnte das sein, dass sie kurz vor dem Ziel noch abgefangen wurden? Die beiden Freunde folgten dem unbekannten Befehlsgeber und drehten sich um. Jean-Claude sah eine kleine, schlanke Gestalt zwischen den Bäumen, die offensichtlich mit einem Gewehr auf sie zielte.

„Jan.…Onkel, Jan.…bist du das?", stotterte Michael.
Der Mann mit dem Gewehr legte den Kopf schief und kniff die Augen zusammen.

„Jetzt zupf' mich doch an der Betriebsfeder! Michael? Michael, bist du das, du kleiner Scheißer?" Jan senkte die Pump Gun und kam auf sie zu.

„Was zum Henker machst du hier? Und wer ist der Penner da? Ihr seid ja klatschnass, ach du meine Fresse!"

„Das ist also der durchgeknallte Althippie Punk", dachte Jean-Claude und fühlte sich schlagartig noch unsicherer als zuvor.

„Wir mussten abhauen, wir sind durch den Rhein geschwommen. In Straßburg herrscht Anarchie."

„Anarchie…na endlich!" grinste Jan. „Und nicht nur in Straßburg, auf der ganzen Welt, mein Junge". Er musterte die beiden jungen Studenten von Kopf bis Fuß.

„Na los, kommt schon. Ihr holt euch noch den Tod. Ab in den Bunker mit euch."
Sie folgten Jan langsam durch die dichten Büsche bis zu der verfallenen Gartenhütte. Jean-Claude war verwirrt. Außer unbrauchbarem Schrott und Müll befand sich dort nichts. Jan bewegte einen alten, muffigen Teppich am Boden und zog ihn zur Seite.
Eine Klappe aus Stahl kam zum Vorschein.

„Jetzt passt mal auf, ihr Helden."
Jan gab eine Zahlenkombination ein. Die Luke öffnete sich und offenbarte eine schmale Treppe nach unten.

„Sesam, öffne dich", grinste Jan durch die verfaulten Stummelzähne.
Jean-Claudes Verwirrtheit löste sich in ungläubigem Staunen auf.
Der Alte hatte wirklich an alles gedacht:
Es gab ein Luftaustauschsystem, Stromversorgung, Kühltruhe und jede Menge Vorräte.

Über einem alten Bett thronten eine gefährlich aussehende
Armbrust und ein Plakat mit einem vermummten Freiheitskämpfer, der sich gerade ein Bier gönnte und mit dem
Spruch betitelt war: *Wenn alles getan ist!*

„Hier, zieht euch erst mal etwas Trockenes an.“
Jan warf ihnen ein Bündel mit Klamotten zu, die allesamt
viel zu klein waren, aber die beiden Freunde nahmen, was
sie kriegen konnten.

„Bierchen?“
Jan grinste und ploppte sich eine Flasche auf.
„Haben Sie vielleicht eine Tasse Tee, Monsieur?“
Jan fing an zu kichern.

„Ach, du heilige Jungfrau. Monsieur bevorzugen eine
Tasse Tee? Nun, was darf es denn sein? Ingwer oder
Waldfrucht? Michael, wo hast du denn den Sonnenkönig
her?“

„Das ist Jean-Claude. Wir machen drüben zusammen das
Praktikum für das kommende Medizinstudium. Der ist
o.k., Jan.… gib' uns ein Bier.“
Jan ploppte zwei weitere Flaschen auf.

„Die haben die Grenze dichtgemacht, stimmt's?“
Jean-Claude nahm einen Schluck und fühlte sich gleich
etwas besser.

„Das ist richtig. Sogar das Militär war hinter uns her.
Drüben herrscht das Chaos. Alle sterben und Michael
meinte, sie wüssten etwas von einem Serum?“
Jan setzte sich aufs Bett und zog die Mütze ab.

„So, so, ich wüsste etwas…Ich sag' euch zwei Studenten
Fuzzies jetzt mal was: Ich weiß alles!“
Jan trank die Flasche Bier in einem Schluck leer und
rülpste herzhaft. Michael und Jean-Claude sahen sich an.
Jetzt war der Zeitpunkt da.

„Erzählst du es uns? Erzähl' es uns, Onkel Jan.“
Der alte Mann seufzte:

„Nun gut. Aber ich sag' es euch gleich: Nur Spongebob und ich kennen die Wahrheit. Und wenn ihr die erst einmal kennt, kann es gefährlich werden."

Die beiden Freunde zuckten verständnislos mit den Schultern. Jan sprach in Rätseln.

„Zu allererst…"

Der Alte stapfte zur Kühltruhe, kramte darin herum und holte zwei gläserne Ampullen heraus.

Darin befand sich eine violette Flüssigkeit.

„Hier", murrte Jan, „das sind die letzten zwei Fläschchen. Trinkt, und ihr überlebt. Fragt nicht blöde, tut es einfach, je schneller desto besser. Den Rest erzähle ich euch später."

Jean-Claude druckste etwas herum und wollte etwas sagen.

„Er...er ist mein Onkel, Jean-Claude. Er legt uns nicht rein. Was haben wir denn noch zu verlieren?"

Sie stürzten die Flüssigkeit herunter. Sie schmeckte neutral und sie spürten rein gar nichts. Eine Weile wartete Jean-Claude noch darauf, dass ihm blaue Beulen wuchsen oder sich bei ihm lebensbedrohliche Atembeschwerden einstellen würden.

Als nichts dergleichen eintrat, widmete er sich wieder seinem Bier.

Jan hatte ein paar Brote geschmiert und ihnen erklärt, wie er sich die Essensvorräte auf seinen wöchentlichen Streifzügen besorgte. Nachdem sie gegessen hatten, fing Jan an zu erzählen.

„Der Virus...Tja, was weiß ich von dem Virus? Und woher weiß ich es?"

Michael und Jean-Claude waren jetzt so aufmerksam wie in einer wichtigen Vorlesung.

„Wisst ihr, ich bin ein alter Haudegen, quasi ein Jugendlicher aus der Zeit der 77' Punk Rock Bewegung. Aber das sagt euch Bettnässern sowieso nichts mehr. Wir waren eine Horde durchgeknallter Irrer. Das Leben war bunt und zügellos. Mit dem Alter holte uns die Realität ein. Einige von uns machten sogar Karriere. Sie drehten sich quasi um 180 Grad. Früher kämpften sie gegen das Establishment, jetzt wurden sie selbst zu Gestaltern und Manipulatoren der Massen. Trotz allem hielt uns der Punk Rock zusammen. Wir haben uns nie aus den Augen verloren und hatten immer wieder sporadischen Kontakt."

Jan registrierte den fragenden Blick von Jean-Claude.

„Warum ich euch jetzt den ganzen Schwachsinn erzähle?"

Michael nickte gespannt.

„Nun", erzählte Jan weiter. „Vor fast zwei Jahren rief mich der Leichenzähler an, ein alter Weggefährte."

Jean-Claude hob leicht spöttisch die Augenbrauen.

„Mann, wir hatten uns damals alle solche Namen gegeben. Ich war der notorische Jan, ein anderer der Sittenstrolch und Stefan war eben der depressive Leichenzähler. Ausgerechnet dieser Vollidiot hat es bis ganz oben geschafft. Stefan Wanders, kennt ihr vielleicht? Öko- Kommissar, er steht direkt unter dem Präsidenten."

„Du meinst… der Stefan Wanders aus Berlin? Das ist dein alter Kumpel?", unterbrach ihn Michael ungläubig.

Jan lachte und schloss mit einem Husten ab. Als er wieder bei Luft war sagte er:

„Da könnt ihr mal sehen, was der Punk Rock aus einem macht. Aber der Punkt ist: Ich habe dem idiotischen Leichenzähler das Leben gerettet, damals bei den Kämpfen an der Frankfurter Startbahn West. Ein Bulle hatte ihn halb totgeschlagen bis ich dem Schwein mit meinem Schlagring eins über die Rübe gezogen habe." Jan grinste frech.

„Das hat Stefan nie vergessen. Also: Der Leichenzähler rief mich vor einem Jahr an, er wäre gerade auf dem Weg ins Europaparlament nach Straßburg und ob wir uns in Kehl in einem Restaurant treffen könnten. Ich habe mich natürlich gefreut, vor allem auf das kostenlose Spachteln mit Prominenten. Bei Tisch hat er seine dämlichen Bodyguards weggeschickt und mir drei Ampullen unter dem Tisch zugeschoben. *Da kommt was auf uns zu,* hatte Stefan mir bedeutungsvoll zugeflüstert. Ich habe nur Bahnhof verstanden. Dann hat er es erklärt...oh, mein Gott, dann hat er es mir gesagt." Jan fing plötzlich an zu zittern und seine Stimme hatte einen weinerlichen Tonfall angenommen.

„Was...was hat er dir gesagt?", bohrte Michael weiter.

„Was?"

„Es ist grauenvoll!", jammerte Jan.

„Der Virus! Es ist ein Virus. Er kommt mit dem Wind. Er überträgt sich durch die Luft, auf der ganzen Erde. Und das Schlimmste ist: Die Wahrheit. Fast niemand kennt die Wahrheit."

„Welche Wahrheit?!", rief Jean-Claude aufgeregt.

Jan sah Michael an. Er starrte auf seinen Arm. Dann wurde er kreidebleich.

„Du...du dämlicher Vollpfosten! Du hast ja eine Smart - Watch dabei!!", schrie er. „Verdammt, zieh' das Ding aus, schnell, zieh' das Teil aus!" Michael zog irritiert seine Smart - Watch vom Arm.

„Die...die ist doch aus, Onkel Jan."
Jan war nicht mehr ansprechbar. Aus einer Schublade zog er einen schweren Hammer heraus und drosch wie ein Wahnsinniger auf die Uhr ein, bis sie in tausend Stücke zersprungen war.

„Meine …verflucht, was tust du?“, fragte Michael verzweifelt.

„Grundgütiger!“, brüllte Jan. „Das glaube ich jetzt nicht, dass du Idiot deine selbst erwählte digitale Überwachung mitbringst! Damit kommen die doch bis in deinen Bio - Chip rein! Mann, das weiß sogar ein Anti-Digitaler wie ich, dass die uns orten können, selbst wenn dein blödes Gerät ausgeschaltet ist! Ihr habt doch selbst vorhin gesagt, dass euch das Militär auf die Pelle gerückt ist, oder nicht?“ Michael machte einen kläglichen Erklärungsversuch, der aber immer wieder von Jans Toben unterbrochen wurde.
Auf der einen Seite schmerzte ihn der Verlust seiner Primärdaten. Auf der anderen Seite ärgerte er sich über seine eigene Naivität. Jan hatte jetzt aufgehört zu wüten und setzte sich keuchend auf sein Bett. Jean-Claude versucht zu vermitteln:

„Also, Jan, es tut uns leid, aber bestimmt ist das nicht so...“

„Ruhe!“

„Ruhe!“, unterbrach ihn der Alte. Irgendwo klingelte es penetrant. „Die Bewegungsmelder! Na super, das ging ja schneller als befürchtet!“
Michael blickte ihn panisch an.

„Sie sind da! Die kommen rein, wir sind am Arsch, Leute“, stotterte er hilflos.

„Noch nicht! Jean Dingsbums, schnapp' dir die Armbrust. Michael, beweg' deinen nutzlosen Arsch, wir verschwinden durch den Fluchttunnel!“ Deutlich hörte man jetzt oben in der Gartenhütte schwere Stiefel trampeln.

„Hier, helft mit mal.“
Jan rückte die Kühltruhe beiseite und eine kleine Holztür kam zum Vorschein.

„Plan B….immer einen Plan B haben“, grinste er.

Von oben drangen jetzt laute Schläge herab. Anscheinend versuchten sie, die Stahltür zu knacken.

Es war nicht mehr viel Zeit.

Hinter der Holztür wand sich ein flach ansteigender enger Gang aus Holzbohlen und lehmigen Wänden nach oben. Sie stolperten in gebückter Haltung durch das Dunkel, als sie von unten eine Explosion hörten.

„Jetzt sind sie drin, die Saftsäcke. Haha, aber wir sind draußen!" Jan hob eine Luke an und sie tauchten mitten im Wald auf, 50 Meter abseits der Hütte. Niemand war zu sehen. Anscheinend waren die Angreifer jetzt alle drinnen.

„Rennt!", rief Jan.

„Los rennt, da vorne ist ein ehemaliges Schwimmbad, da können wir uns verstecken! Jetzt lauft schon los!"

Sie liefen los, aber natürlich waren die zwei jungen Leute wesentlich schneller und der Alte blieb merklich zurück.

Jean-Claude drehte sich nicht um. Er hatte einen anderen Pfad eingeschlagen und war nicht mehr zu sehen. Michael überlegte, ob er ihm folgen sollte, doch Jans hörbares Schnaufen hielt ihn davon ab. Er machte kehrt und rannte seinem Onkel entgegen.

Jetzt saß Jan auf dem Boden. Er hielt sich die Hand an seine linke Brust. Es sah so aus, als ob er nicht mehr weiterkonnte. In der Nähe war Hundegebell zu hören.

„Michael, Junge...komm her."

Michael zögerte.

Noch war niemand von den Verfolgern zu sehen.

Er kroch auf allen Vieren zu seinem Onkel. Dessen Gesicht war weiß und grün zugleich.

„Jan….Onkel Jan."

„Es geht nicht mehr, die kriegen mich. Eine Giftkapsel…ist mein einziger Weg hier raus."

Ein weißer Schaum floss aus den Mundwinkeln des Alten.

Er zog Michael an sich heran und versuchte ihm etwas mitzuteilen. Es kam nur noch ein stockendes Flüstern:

„Du musst allen die Wahrheit erzählen...die Menschheit muss es erfahren.“

„Welche Wahrheit?“, fragte Michael.

„Ein Brief...es steht alles in einem Brief. Alle müssen es wissen. Im Bunker...du musst zurück...später...schließe dich ein. Der Kopf. Such‘ im Bunker...den Schwammkopf...der Schwammkopf weiß alles. Geh‘ zum Schwammkopf.“

„Ich verstehe gar nichts. Was meinst du damit? Was denn für ein Schwammkopf?“, stammelte Michael.

„Finde… den… Schwammkopf. Er… weiß es, frag'... den...“ Es wurde still.

Der notorische Jan war tot. Auf seinen Lippen lag ein seltsames Lächeln. Michael drückte ihm die Augen zu.

Dann konnte er Rufe im Wald hören. Sie waren fast da.

Er lief los. Er war schon immer der Schnellste gewesen. Sie würden ihn nicht erwischen. Er würde sich verstecken. Das alte Schwimmbad, hatte Jan gesagt.

Später, nach ein paar Tagen, würde er dann zurückkehren. Der Chip musste aus seinem Arm raus. Irgendwie. Auch das war zu schaffen. Er würde überleben.

Das wusste er genau.

Wie rotierende Flügel von Windrädern bahnten sich seine Beine den Weg durch den Wald. Die Stimmen hinter ihm wurden immer leiser.

Tief unten im Bunker beobachtete Spongebob amüsiert das Treiben der uniformierten Männer, die alles durchwühlten. Sie würden nichts finden.

Niemals.

Teil 2
Das Referat

Neu-Stockholm, 01.07.2140
Report zum Jahrestag der Erneuerung der Vereinigten Neuen Welt -VNW zum 100sten Geburtstag.
Bürgerin Anika Soedbrod (geb. 06.03. 2125) ist online und verbunden mit den Klassenstufen 5-10 aller Mega-Cities.
Jahresabschlussarbeit der mittleren Jahrgänge.
Benotungsordnung durch den Bildungsrat Nord der großen Bürgerschaft.

„Heute feiern wir den Jahrestag der Erneuerung unserer neu geschaffenen Zivilisation.

Es erfüllt mich mit großem Stolz, dass ich vom Rat auserwählt wurde, für alle Schülerinnen und Schüler der mittleren Klassenstufen mit einem Referat an die Gründung unserer Gesellschaft erinnern zu dürfen. Wie es das jährliche Protokoll vorschreibt, werde ich die historischen Ereignisse und Fakten zusammenfassen. Es lebe die kontrollierte Gesellschaft, es lebe der Fortschritt, es lebe die große Bürgerschaft.

Das Kollektiv ist alles, der Einzelne ist nichts.

Halten wir also demütig und ehrfürchtig die Erinnerungen an die dunkle Vergangenheit und an unsere Wiederauferstehung fest:

Im letzten Jahrhundert schien das Ende der menschlichen Zivilisation nur noch eine Frage der Zeit zu sein. Es gab Kriege um Ressourcen, schwere Umweltkatastrophen, ein nicht mehr zu stoppender Klimawandel, Überbevölkerung und eine sich schnell auflösende Gesellschaftsordnung. Der schlimmste Faktor war jedoch der Mensch an sich. In seinem Streben nach Macht und Gier war die menschliche

Rasse leider unfähig geworden, gesellschaftliche und wirtschaftliche Verhältnisse zu ändern oder den Gegebenheiten sinnvoll anzupassen. Versuche durch einzelne Gruppierungen, Parteien oder Wissenschaftler wurden ignoriert, diskreditiert und von einer erfolgreichen Lobby des kapitalistischen Finanzsektors, den Banken und den Großkonzernen der damaligen Zeit, erfolgreich blockiert. Die Gründung unserer neuen Welt und damit die Hoffnung auf einen Neuanfang basiert sarkastischer Weise ausgerechnet auf dieser ignoranten und selbstsüchtigen Blockade.

Als es sich abzeichnete, dass weder durch einen parlamentarischen noch außerparlamentarischen Widerstand eine Korrektur der verhängnisvollen Spirale möglich war, gründete sich 2033 die geheime Untergrundgruppe '*Kopernikus*'. Hierbei handelte es sich um eine äußerst diffuse Zusammensetzung von verrückten Verschwörungstheoretikern, frustrierten Reformpolitikern, Wissenschaftlern und Freizeitterroristen aus sämtlichen politischen Richtungen. Federführend und am Ende das auch das ausführende Organ dieser Organisation war Theobald Lehmbrand. Doktor Lehmbrand war führender Biologe beim Chemiekonzern Wayer im ehemaligen Staat Deutschland.

Meine Zuhörer aus den Mega-Citys Neu-Berlin und Neu-Frankfurt werden sich daran erinnern, dass Wayer seine Hauptzentrale in einer kleinen Stadt namens Leverkusen hatte. Nachdem der Aufsichtsrat Doktor Lehmbrand wegen unerlaubter Experimente mit verbotenen Substanzen kaltgestellt hatte, verlegte er den Hauptsitz der Gruppe *Kopernikus* nach Frankfurt am Main und arbeitete dort illegal weiter. Das erklärte Ziel der Terroristen war es, die Weltbevölkerung durch eine biologische Waffe um einen Schlag auf einen kleinen Prozentsatz zu reduzieren.

Virus 7G7 war so konstruiert, dass es über ein Enzym in das Immunsystem gelangte. Die Organe der Betroffenen fingen an, sich selbst mit dem körpereigenen Immunsystem anzugreifen und zu zerstören. Die Verabreichung eines aus der Ebola Forschung bekannten Serums konnte den tödlichen Prozess allenfalls um ein paar Wochen verzögern. Doktor Lehmbrand hatte neben der Entwicklung des Virus natürlich auch an einem Gegenmittel geforscht, war sich aber nicht sicher, ob es wirken würde. Tierversuch blieben nutzlos und gaben keine brauchbaren Werte, denn das entwickelte Virus 7G7 wirkte nur bei Menschen. Interessant war auch die geheime Liste *'Noah'* dieser Gruppe, die festlegte, wer überleben sollte. Völlig willkürlich und zufällig hatte jedes einzelne Mitglied dieser Gruppe jeweils 1000 Personen ausgewählt, die den Impfstoff erhalten sollten. Diese diffuse Zusammensetzung war komplett widersprüchlich: Beispielsweise sollten Reformer sowie auch gefährliche Berufsverbrecher überleben, dann wiederum linke Intellektuelle und radikale Islamisten, christliche bibeltreue Staatsdiener und Anarchisten, einflussreiche Politiker, Obdachlose aus den unteren Schichten.

Darüber geriet die Organisation *Kopernikus* in eine heftige Auseinandersetzung, die zur Spaltung der Gruppe führte. Doktor Lehmbrand war nicht gewillt, sich den Führungsanspruch streitig machen zu lassen. Sein Größenwahn und seine instabile psychische Verfassung nahmen zu, bis sie am Ende nicht mehr kontrollierbar waren. Ohne Rücksprache mit der Gruppe setzte er den Virus am 31. Mai 2038 frei. Der abgespaltene Flügel *'Morgentau'* offenbarte sich dem damaligen deutschen Geheimdienst, der nun wiederum die Bundesregierung und die G7 Staaten der europäischen Wirtschaft alarmierte.

Es herrschte höchste Geheimhaltungsstufe, um eine Panik unter der Bevölkerung zu vermeiden. Mit der sich rasend ausbreitenden Pandemie und dem Selbstmord von Doktor Lehmbrand im September schwand die Hoffnung auf eine schnelle Analyse und Reproduktion des Serums. Während führende europäische Wissenschaftler an einer Lösung arbeiteten, wurden die bestehenden Bestände des bereits von Doktor Lehmbrand entwickelten Gegenmittels erfolgreich weiterentwickelt und von ranghohen Mitgliedern der Regierungen verteilt. Jeder dieser Kuriere erhielt vier Ampullen für sich, seine nächsten Angehörigen oder Personen, deren Funktion er als für die Zukunft relevant und wichtig einschätzte.

Da diese Maßnahme viel zu spät erfolgte, hatten einzig Teile der Bevölkerung im Radius der besagten Kuriere Überlebenschancen. Diese Zone erstreckte sich vom Norden Frankreichs nach Deutschland über Belgien, Holland bis hin zu Dänemark, Norwegen und Schweden. In sämtlichen anderen Gebieten der Erde verstarb die gesamte Bevölkerung. Im Sommer 2039, als bereits zwei Drittel der menschlichen Gattung auf der Erde zugrunde gegangen waren, beschlossen die verbliebenen Regierungen dieser Staaten die Auflösung ihrer jeweiligen Landesgebiete. Die restlichen Überlebenden zogen sich in ausgewählte Städte zurück, unsere heutigen Mega-Citys: Neu-Stockholm, Neu- Oslo, Neu-Kopenhagen, Neu-Amsterdam, Neu-Brüssel, Neu-Paris, Neu-Frankfurt, Neu-Berlin bilden heute das Rückgrat unserer wiedergeborenen Schöpfung, gegründet am 01.07.2040.

Nur etwa drei Millionen Menschen haben die Apokalypse überlebt. Dank einer kontrollierten Geburtenregelung und dem Programm zu einem regelmäßigen Befruchtungsaustausch zwischen unseren Citys, konnten wir diese Bevölkerungszahl bisher relativ konstant halten. Die Versorgung ist in allen Bereichen optimal. Unsere Städte sind aus Sicherheitsgründen und zu unserem Schutz nach außen hin hermetisch abgeriegelt. Unsere externe Verbindung zu den anderen Kommunen ist exzellent und wir pflegen Datenaustausch in großen Mengen.

Die große Herausforderung der kommenden Generation wird die Frage sein, ob wir uns mit dem Status Quo zufriedengeben oder wieder expandieren wollen. Die Rückeroberung des Planeten dürfte sehr schwierig werden und würde selbst bei einem erklärten Willen Jahrhunderte dauern. Auf dieser entvölkerten Erde hat sich die Natur fast jeden Winkel erbarmungslos zurückgeholt. Die restlichen Städte sind zerfallen und unter dichtem Urwald begraben. Ehemalige Straßen und Verkehrswege sind beschädigt und unpassierbar.

Toxische Krankheitserreger werden durch Milliarden neuartiger Stechmücken übertragen. Tiere mutierten zu großen, gefährlichen fleischfressenden Jägern, denen wir heute schutzlos ausgeliefert sind.

Zudem hält sich das seltsame Gerücht einer ebenfalls mutierten Menschenart in der Außenwelt, die auf unerklärliche Weise das Virus auch ohne Serum überlebt haben soll. Diese *'Yeti Menschen'*, wie wir sie nach einer uralten Sage aus dem Himalaja Gebirge getauft haben, sind jedoch nichts weiter als eine beliebte, gruselige Gute-Nacht- Geschichte für die Kinder. Ja, die Kinder! Vergessen wir nicht unsere Kinder. Sie sind das Leben. Sie bedeuten für uns Hoffnung und Zukunft.

Auch ich freue mich schon auf das Leben mit meinem mir
gerade zugeteilten Zeugungspartner François Lambert aus
Neu-Paris, den ich schon bald persönlich kennenlernen
darf. Der Embryonal-Rat hat uns einen männlichen Nach-
kommen ausgesucht. Unsere Gene passen bestens zusammen.

Schon mit dem nächsten oder übernächsten Shuttle im
Frühjahr wird François eintreffen.
Eine gemeinsame Wohnwabe wurden uns auf Ebene
H5/711 zugeteilt. Ein Hoch auf die Große Bürgerschaft
und unsere Weisen.

Lang lebe das neue Zeitalter!
  Das Kollektiv ist alles, der Einzelne ist nichts."

*Report zum Jahrestag der VNW -
Bürgerin Anika Soedbrod*

Ende

Teil 3
Die Firma

„Sind wir hier auch wirklich abhörsicher?“ Die junge Frau mit dem streng geflochtenen Haarkranz wirkte unsicher.

„Was denkst du denn, Dereike? Die Intim Kabinen für den anonymen Geschlechtsverkehr sind wohl der einzige Ort in Neu Berlin, wo man garantiert offline ist. Das weißt du doch. Also, um Sex wird es wohl ja nicht gerade gehen. Oder liege ich falsch?“, lächelte die Frau gegenüber.
Sie war größer und breiter als die zierliche junge Frau. Mit ihrem harschen, herrischen Gesichtsausdruck und den streichholzlangen, schwarzen Haaren wirkte sie fast maskulin.

„Da du um dieses geheimnisvolle Treffen gebeten hast, kann ich nur annehmen, dass es um Piotr geht.“
Die junge Frau setzte sich auf die Liege in der Ecke des winzigen, quadratischen Raumes.

„Da muss ich dich enttäuschen, Tante Ela. Mit meinem mir zugeteilten Lebenspartner hat das nichts zu tun. Da läuft alles nach Vorschrift. Mit dem kleinen Louis gibt es auch keine Probleme. Er entwickelt sich gut bei den *Mini – Denkern*. Wir sehen unseren Sohn jedes zweite Wochenende und er macht große Fortschritte.“
Ela setzte sich jetzt ebenfalls auf einen Stuhl in der anderen Ecke der Kabine.

„Das freut mich. Wir brauchen qualifizierten Nachwuchs für das Siedlungsprogramm. Seit die Ein-Kind Regelung aufgehoben ist, können wir wieder expandieren. Übrigens hatte ich im Aufsichtsrat der *FIRMA* an dieser Entscheidung maßgeblich mitgewirkt.“

Dereike druckste ein wenig herum. Dann presste sie durch ihre Lippen ein zustimmendes Gemurmel.

„Bitte?“, fragte Ela.

„Ich meine...“, fuhr Dereike fort.

„Ich weiß, welche Position und welchen Einfluss du in der *FIRMA* hast, Tante Ela. Das ist auch der Grund, warum ich dich sprechen wollte...unter vier Augen.“
Ela runzelte die Stirn und faltete die Hände.

„Soso. Politik? Das habe ich jetzt gar nicht erwartet. Hast du vielleicht irgendwelchen Ärger oder Probleme, von denen ich wissen sollte?“

„Nein, nein...nicht so. Nichts, was mich privat betrifft. Aber ja, irgendwie ist es doch auch politisch. Höchst politisch sogar. Und dann wieder auch persönlich. Für uns alle höchst persönlich. Problematisch. Ich weiß auch nicht.“
Ela unterbrach sie harsch:

„Kindchen, jetzt machst du mich aber wirklich neugierig. Dein Geplapper ergibt entweder keinen Sinn, oder du sitzt mächtig in der Klemme.“
Dereike senkte den Blick zu Boden.

„Ich befürchte, wir sitzen alle in der Klemme.“ Sie hob den Blick und sah ihrer Tante fest in die Augen.

„Wenn du mir versprichst, Stillschweigen zu bewahren, erzähle ich dir davon, was mich belastet. Ich muss mit jemanden darüber reden, mit einer Person, die der *FIRMA* nahesteht. Und ich möchte auf keinen Fall weiter mit hineingezogen werden.“
Ela wurde deutlich unruhig.

„Du hast dich doch nicht mit Dissidenten getroffen oder gar Schlimmeres? In was bist du nur hineingeschlittert??“
Dereike stand auf.

„Ich bin nicht involviert, Tante! Ich bin nur eine Art Bote, sozusagen. Gibst du mir jetzt dein Ehrenwort, dass du mich aus der Sache heraushältst, wenn ich dir es erzähle? Ja oder nein?“

Ela stand ebenfalls auf.

„Wenn es um Staatsverrat oder Sozialverbrechen geht, möchte ich lieber nichts damit zu tun haben. Dann erzähle mir besser nichts, Dereike, denn ich bin meinem Amtseid verpflichtet.“

Dereike nahm die Hand ihrer Tante und drückte sie.

„Es geht nicht um mich. Es geht um viel Größeres. Du solltest es wissen, gerade in Hinsicht auf deine Position.“

Ela gab auf.

Die Neugier war mächtiger. Was es auch war, sie würde am Ende damit klarkommen. Anscheinend war das bei ihrer Nichte nicht der Fall. Es war wohl besser, wenn sie sich anvertrauen würde.

„Also gut“, presste sie hervor und setzte sich wieder auf den Stuhl. „Dann bin ich ganz Ohr – mit der exklusiven Garantie auf Verschwiegenheit.“

Die junge Frau schien erleichtert zu sein.

„Danke.“

Dereike setzt sich wieder auf die Liege und räusperte sich.

„Was ich dir jetzt erzähle, wirst du nicht sofort glauben“, begann sie. „Du wirst es nicht verstehen wollen. So ging es mir auch, bis ich die Beweise geprüft habe.“

„Beweise?“, fragte Ela. „Geht es um einen Verstoß gegen die *FIRMA*?“

Dereike legte ihren Zeigefinger über ihre Lippen.

„Nicht fragen, zuhören. Einfach zuhören.“

Eine kurze Stille breitete sich aus.

Dann begann die junge Frau mit ihrer Erzählung:

„Letztes Jahr, 2455, war Piotr als leitender Entwicklungsingenieur am Wiederaufbau von Neu-Karlsruhe mitbeteiligt.“

„Das neue Siedlungsprogramm", unterbrach Ela erneut, senkte aber sofort die Stimme, als sie Dereikes strafenden Blick sah.

„Piotr hat etwas erhalten, das er nicht einordnen konnte. Deshalb hat er es mir gegeben." Ela platzte jetzt fast vor Neugier, zwang sich aber, zu schweigen. Dereike berichtete weiter:

„Einige der Leute aus dem Sicherheitsteam hatten im Wald Feindkontakt mit einer Horde *Yetis*. Du weißt längst, dass die Kinderschreckmärchen wahr sind. Es gab und gibt Überlebende außerhalb der Citys, mutiert und gefährlich."
Ela nickte mit dem Kopf.

„Die Soldaten waren gezwungen, die Laser einzusetzen. Es ging schließlich um Leben und Tod. Bei einem dieser Wesen..." Dereike stockte kurz und die Luft in der isolierten Kabine schien zu knistern.

„Der *Trooper* hat etwas bei einem toten *Yeti* gefunden: Einen Stift aus hartem Plastik, der mit einem Lederband um seinen Hals befestigt war. Der Soldat hat das Teil mitgenommen und es Piotr gegeben. Ich habe es hier bei mir. Hier in meiner Faust." Dereike öffnete die linke Hand und zeigte auf einen farblosen Gegenstand, der winziger als ein Daumennagel war.

„Was ist das? Was in aller Welt hast du da?" Ela konnte sich jetzt nicht mehr zurückhalten.

„Tante Ela, du weißt, ich bin Expertin für fossile Digitaltechnik. Ich bin mit allem vertraut, was in früheren Jahrhunderten für die Menschheit technisch machbar war."
Dereike hob das Stück Plastik in die Höhe und betrachtete es im Neonlicht der Deckenbeleuchtung.
„Bevor die Menschen ihre Daten in der Cloud ablegten gab es sogenannte Speichermedien. Das waren runde, silberne Scheiben oder auch dieses Exemplar hier.

Was du hier siehst, nannte man früher einen Computer Stick. Auf diesem kleinen Teil konnte man bis zu 200 Gigabyte Daten speichern: Filme, Dokumente, Fotos. Das klingt für uns jetzt natürlich nach lächerlich wenig, aber darum soll es hier nicht gehen.“
Ela gab jetzt ihre passive Haltung endgültig auf.

„Um was geht es hier? Von was reden wir hier überhaupt? Was ist auf diesem Stick? Kennst du nicht die Strafe für Digitalverbrechen? Wie kannst du so eine wichtige Antiquität für dich beanspruchen?“ Beide Frauen standen sich erneut gegenüber.

„Du hättest dieses Ding dem Informationsministerium übergeben müssen, das weißt du doch!“

„Verdammt, Ela! Jetzt hör‘ doch mal zu! Ich wäre längst entsorgt worden, wenn ich das getan hätte! Was denkst du, warum ich mich an dich wende, als Vertraute, als Frau in einer leitenden Funktion der *FIRMA*?“
Dereike schloss die Faust fest um den Stick.

„Ich habe mir den Inhalt angesehen. Er war codiert, es handelt sich um mehrere Dokumente, die wahrscheinlich mit den damaligen entsprechenden Geräten eingescannt wurden. Ich bin eine der Wenigen, die heutzutage so etwas noch knacken können.“

„Was ist auf dem verfluchten Stick?“ zischte Ela.

„Die Wahrheit“, antwortete Dereike.

„Einfach nur die Wahrheit. Absolute Beweise. Dokumente und Unterlagen, die ein politisches Erdbeben auslösen können. Ich gebe sie dir, du kannst damit machen, was du willst. Ich möchte damit nichts zu tun haben. Du kannst sie dem Chairman geben, der politischen Wache oder du kannst sie auch vernichten.“

„Warum ich? Warum vernichtest du den Stick nicht selbst, wenn der Inhalt so schrecklich ist? Was soll denn das Theater, Dereike?“

„Ich möchte, dass du als Führungskraft der FIRMA die
Wahrheit kennst. Du sitzt gemeinsam mit dem Rat an den
Hebeln der Macht, du sollst die Wahrheit kennen. Danach
kannst du machen, was du willst“. Dereike klang fest und
entschlossen.

„Rede! Was befindet sich auf diesem Stick?“, bohrte Ela
erneut.

„Eine Kopie eines alten Briefs, geschrieben mit der
Hand, kaum noch leserlich“, erklärte Dereike. „Die Unter-
schrift ist noch sichtbar. Der Name lautet Jan Köhler. Der
Brief muss aus der Zeit vor dem großen Neubeginn stam-
men. Wichtiger aber sind die eingescannten Dokumente in
einem Ordner namens Spongebob.“

„Spongebob? Dokumente?“, fragte Ela verwirrt.

„Exakt! Es sind geheime Dokumente einiger damaliger
Staatsregierungen. Hast du schon einmal etwas vom *'Nordischen Bund'* gehört?“

Ela schüttelte den Kopf.

„*Nordischer Bund*? Was soll das sein? Eine neue Idee
aus Neu-Oslo?“

„Ela, es geht um die Vergangenheit. Es geht um die Zeit
vor über 300 Jahren.“

Dereike öffnete die Faust und hielt den Stick wieder ins
Licht. „Dieser Stick enthält alle Beweise: Der *Nordische
Bund* war ein geheimer Zusammenschluss der damaligen
Staaten Frankreich, Deutschland, Belgien, Holland, Dänemark, Schweden und Norwegen. Es sind genau die Staaten, auf deren früheren Territorien sich unsere neuen Städte befinden.“

„Und?“, fragte Ela mit steigender Anspannung.

„Diese Staaten hatten sich gegen den Rest der Welt ver-
schworen. Sie entwickelten heimlich einen biologischen

Kampfstoff, das Virus 7G7, das wir ja alle aus unserer Geschichtsstunde kennen. Allerdings beweisen diese Unterlagen, dass es niemals eine Terror-Gruppe *Kopernikus* gegeben hat. Das Virus wurde im Auftrag der höchsten Gremien entwickelt, genauso wie der rettende Impfstoff, welcher einer ausgesuchten Personengruppe bei routinemäßigen Arztbesuchen heimlich verabreicht wurde. Ziel war es, die Welt von der Krankheit Mensch dahingehend zu heilen, indem man über 90 Prozent der Bevölkerung auslöscht."

„Du lügst!!! Lüge!!! Du lügst doch!!!", schrie Ela jetzt außer sich.

„Lüge ist der entscheidende Punkt", konterte Dereike.

„Unsere neue Ordnung beruht auf einer Lüge. Die Urväter waren Massenmörder! Wir sind das Produkt einer perversen Gesellschaft."
Ela fing an zu keuchen.

„Wieso? Wieso sollten Menschen in einer verantwortungsvollen Position so etwas beschließen?"

„Ganz einfach", erklärte Dereike.

„Die besagten Staaten, die sich damals im *Nordischen Bund* zusammenschlossen, wurden allesamt von radikalökologischen Regierungen geleitet, die darüber frustriert waren, sich nicht gegen die kapitalistische Lobby von Konzernen und Oligarchen durchsetzen zu können. In einer geheimen Resolution entschlossen sie sich zum Projekt *Kopernikus*, der sogenannten staatlich gelenkten Entschlackung der gesamten Population. Später wurde dann die uns bekannte Version verbreitet, sowie wir sie heute kennen. Einen Doktor Lehmbrand gab es übrigens auch. Er war führender Leiter dieser geheimen Verschwörung. Der Rest sind Fake Nachrichten über angebliche Terroristen. Es handelt sich somit um eine gigantische Manipulation der Geschichtsschreibung. Die Vision einer erneuten

Besiedlung des Planeten mit einer geläuterten Spezies ist nichts weiter als ein Verbrechen an der Menschheit."

Ela sagte nichts mehr. Sie biss sich auf die Lippen.

„Gib mir den Stick, Dereike", fauchte sie.

Dereike zögerte. „Du hältst mich raus?", fragte sie unsicher.

Ela schnaufte. „Ich halte dich raus. Ich muss meine Informanten nicht unbedingt preisgeben. Vorausgesetzt, du hältst deinen Mund und sprichst mit niemandem über das Thema."

Ela legte einen prüfenden Blick auf ihre Nichte. „Du hast doch bisher mit niemandem darüber geredet, oder doch? Piotr?"

„Nein", versicherte Dereike. „Niemand weiß etwas, nur du und ich. Mit Piotr habe ich darüber nicht gesprochen. Ich schwöre, er weiß von nichts."

Ela schien zufrieden zu sein und übernahm den Stick.

„Gut. Ich glaube dir. Aber ich warne dich. Ein weiterer Schritt in die falsche Richtung und ich kann nichts mehr für dich tun."

Dereike schaute zur Tür. Bevor sie ging, drehte sie sich noch einmal um.

„Danke, Tante Ela. Was wirst du jetzt tun?"

Ela wandte sich ebenfalls zur Tür.

„Was getan werden muss! Geh jetzt!"

Die beiden Frauen verließen die Kabine und gingen ihrer Wege. Dereike hatte das Gefühl, das Richtige getan zu haben und fühlte sich erleichtert.

„Sind Sie im sicheren System, Schwester?"

„Ja, wir können reden, *Mr. Chairman*."

„Haben Sie was wir wollen?"

Ela hielt den Stick fest umklammert. „Die Files der Akte Spongebob sind gesichert. Ich habe alles bei mir. Es ist reibungslos abgelaufen."

„Dann ist es also wahr!", kam die Antwort.

„Ich weiß nicht...Wenn das wirklich wahr sein sollte, dann..." Ela stotterte plötzlich und blickte auf die Holographie vor ihr. Das Gesicht des *Chairman* zeigte sich überrascht und verärgert.

„Was meinen Sie damit, Schwester? Sie sind nicht befugt Überlegungen anzustellen, ob Inhalte wahr oder unwahr sind. Ich bezog mich mit *'wahr'* auf die Tatsache, dass es tatsächlich Aufzeichnungen aus dieser Zeit gibt, die eine Verschwörung aufdecken." Die Stimme des *Chairmans* schnatterte eisig weiter. „Diese Files sind doch nichts weiter als Fälschungen, um unsere Gesellschaft zu destabilisieren! Glauben Sie nicht jeden Unsinn, der Ihnen erzählt wird!"

Ela zuckte zusammen. „Natürlich nicht, *Mr. Chairman*, ich dachte nur..."

„Sie sollen nicht denken, Schwester! Sie sollen liefern! Bringen Sie den Stick sofort in die Informationszentrale am *Thunberg Platz*! Und wagen Sie es nicht, einen Blick auf die Dateien zu werfen, falls Ihnen das technisch überhaupt gelingen sollte! Was ist mit ihrer Quelle? Ist die Informantin sauber?" Ela begann zu schwitzen. Sie versuchte, ihrer Stimme einen unaufgeregten Klang zu geben.

„Sauber, *Mr. Chairman*. Meine Nichte ist eine einfältige Kuh, die nicht auffallen will. Sie wird ihre abstruse Geschichte nicht weitererzählen. Ich verbürge mich für sie, *Mr. Chairman*."

Der Chairman sagte vorerst nichts. Nach einer langen Pause sprach er weiter:

„Nun gut. Wir werden Ihre Nichte samt Familie für ein Jahr in die primäre Überwachungsstufe überführen. Sollte es so sein, wie Sie behaupten, werden wir von einer Liquidierung absehen.“

„Danke, *Mr. Chairman*. Ich danke Ihnen.“
Die Verbindung endete. Ela starrte auf den Stick in ihrer Hand. Es war bestimmt das Beste. Wer war sie schon, dass sie über die Geschichte oder über erfundene Geschichten urteilen konnte? Die FIRMA stand über allem, sorgte für das Wohl der neuen Welt, wahrlich und unfehlbar.

Die Vergangenheit war nicht mehr wichtig. Die Vergangenheit war tot. Demütig und dankbar begab sich Ela zum nächsten Vakuum –Transport - Punkt, der sie in Windeseile in das Zentrum ihrer geliebten Heimatstadt bringen würde.

Der Wurm

„Angedockt. Wir haben angedockt...Haben wir angedockt?" Ein hässliches, knirschendes Geräusch folgte und schüttelte das Schiff, als ob es in zwei Hälften zerschnitten würde.

„Scheiße, Mann, scheiße! Von wegen angedockt! Zieh' die Kiste hoch! Hoch, das ist die verfluchte Außenwand!!!"
Ral-El zog die Kiste hoch.

„Verdammt, höher, Ral-El", schrie Plot.

„Hoch!!! Ja! So ist es besser, gut so, wir sind los." Plot schnaufte tief und Ral-El stand der Schweiß auf der Stirn.

„Du und deine verdammte Handsteuerung!", schimpfte Plot. „Du bringst uns irgendwann um!"

„Ok, ok. Ganz ruhig, ich schalte auf Autopilot", grummelte Ral-El. Es ärgerte ihn, dass der bescheuerte Android Recht hatte. Er war ein lausiger Pilot. Missmutig übergab er das Manöver an Cäsar.

„Andocken vorbereitet", ertönte eine Stimme.

„Cäsar, andocken an den Gleiter in 4, 3, 2, 1", befahl Plot.
Es folgte ein lauter, durchdringender Summton.

„Andockmanöver an fremden Raumgleiter abgeschlossen", näselte der Bordcomputer nach einer Weile aus dem Off.

„Puh!" Ral-El erschien jetzt doch erleichtert zu sein.

„Na, dann wollen wir mal los zur Begrüßungsfeier. Li-Sol, bist du bereit?"

„Bereit", hörte man jemanden aus der Schleuse rufen.

„Dann los!"
Li-Sol öffnete die Schleuse. Es war bereits ihr siebter Einsatz im All und sie fand es immer wieder spannend.

Jeder Einsatz war ein neues Abenteuer. Diesmal waren acht Passagiere an Bord. Drei Männer, vier Frauen und ein kleines Mädchen. Sie machten einen erbärmlichen Eindruck.

„Los, schnell an Bord, wir legen direkt wieder ab", kommandierte Li-Sol. Wie eine Bande von geprügelten Hunden schlichen die acht an Bord, wortlos den Blick nach unten gesenkt.

„Cäsar, lösen, ablegen!", rief Li-Sol. „Ral-El, kommst du mal runter und schaust dir die Ladung an?"

„Schon da."

Ral-El stand direkt an der Schleuse und begutachtete die Neuankömmlinge. Die Männer sahen zerlumpt aus, Wochenbärte, tiefe Augenringe, abgemagert, fast genau wie jede Gruppe vor ihnen. Die Frauen waren blass mit teilweise ungesund aussehender, gelblicher Haut.

Sie wirkten irgendwie krank.

Eine war offensichtlich schwanger. Es schien so, als könne sich die junge Frau kaum noch auf den Beinen halten.

„Also gut, ihr Jämmerlinge", begann Ral-El. Da seine Ansprachen regelmäßig so begannen, verdrehte Li-Sol kurz die Augen.

„Es läuft folgendermaßen: Wir bringen euch runter auf Natura und laden euch dann irgendwo in der Wild Zone ab. Danach seid ihr auf euch alleine gestellt und müsst sehen, wie ihr zurechtkommt. Mehr können wir für euch nicht tun. Keine medizinische Versorgung, keine gefälschten ID Chips, kein Plan B für die Kolonie. Da müsst ihr alleine durch. Immerhin...ihr habt es fast geschafft."

Er sah in die Runde als erwartete er irgendeine Reaktion, vielleicht so etwas wie Freude oder Dankbarkeit. Es kam nichts. Er blickte in stumpfe, leere Gesichter.

Um das peinliche Schweigen zu unterbrechen machte er weiter mit seinem Standardprogramm.

„Ok, wann seid ihr von *Delta Sieben* aufgebrochen? Woher habt ihr den Gleiter? Weiß jemand von eurer Flucht? He, du da, du mit der Pilotenmütze, komm, sag' was. Sprich mit mir. Ich will was hören!" Der Angesprochene blickte langsam wie in Zeitlupe auf. Ral-El sah ihm ins Gesicht.

In seinen Augen lag ein wilder, entschlossener Blick, eine seltsame Art von jugendlichem Glanz trotz seines fortgeschrittenen Alters.

„Warum willst du das wissen, Bürschchen?", fragte er.

„Und ja…Danke für die Rettung und die Aufnahme im Namen von uns allen hier. Zufrieden?"

„Hört, hört, ein Dankeschön! Hurra, wieder ein erfolgreiches Manöver des *IFR* Teams", mischte sich Plot ein, der jetzt ebenfalls von der Kommandobrücke nach unten gekommen war.

„Schnauze, Blechkopf!", zischte Ral-El. Er war immer noch leicht sauer auf den alles besserwissenden Androiden.

„Also, na los. Erzählt uns doch ein wenig über eure lange Reise", lächelte Li-Sol, um die angespannte Stimmung etwas zu lockern. „Wie habt ihr es geschafft? Wir möchten gerne eure Geschichte hören."

Der Mützenmann blickte zu Plot, dann sah er Li-Sol an.

„Hm, na gut. Wenn es so wichtig für euch ist: Vor acht Tagen haben wir auf *Delta Sieben* einen Turak bestochen. Der hat uns diese lausige Mühle besorgt, einen zusammengewürfelten Schrotthaufen mit Sekundärantrieb und wenn ihr mich fragt: Wir wären spätestens in der Atmosphäre von Natura bis auf die letzte Schraube auseinandergebrochen, das ist klar. Herzlichen Dank auch!"

Mit einem Klirren warf er einen großen, eisernen Schraubenschlüssel verächtlich vor Ral-Els Füße.

Ral-El hob ihn auf, musterte das Werkzeug und steckt es die Tasche. Der Mann mit der Pilotenmütze sah ihm spöttisch ins Gesicht.

„Bist du jetzt zufrieden, Bürschchen?" Ral-El verzog ärgerlich die Mundwinkel.

„Du kannst gerne wieder in eure Schüssel zurück, wenn du weiterhin die Bürschchen Nummer durchziehen möchtest", schimpfte er.

„Zu spät", mischte sich der Bordcomputer ein, „wir haben bereits abgekoppelt. Soll ich..."

„Klappe, Cäsar", maulte Ral-El. Sein Fehler beim Andocken schoss ihm erneut durch den Kopf. Li-Sol registrierte seine miese Laune und übernahm abermals die Gesprächsführung.

„Was uns eigentlich viel mehr interessiert..." Sie überlegte einen Augenblick und fuhr schließlich fort: „Wie lange wart ihr als anerkannte Flüchtlinge auf *Delta Sieben*?"
Der Mann schob seine Mütze nach oben.

„Tja…Keine Ahnung…drei Jahre, vielleicht?"

„Drei Jahre, sieben Monate und fünf Tage", sagte eine weibliche Stimme. Die Crew hatte sich hauptsächlich auf den Wortführer konzentriert. Die Frau dahinter hatte einen kahlgeschorenen Kopf. Li-Sol schätzte ihr Alter auf knapp dreißig. Sie war mittelgroß, sportlich, hübsch mit auffällig schönen Augen. Doch ihre Haut blätterte sich leicht von einem fleckigen Gesicht ab, wie ein Baum, der seine Rinde abwirft.

War das vielleicht ansteckend?
Li-Sol dachte gerade daran, die Frau in Quarantäne zu stecken und wollte weitersprechen, da fiel ihr Plot ins Wort. „Hört, hört. Drei Jahre, sieben Monate und fünf Tage. Woher weißt du das so exakt?"

„Ich weiß es ganz genau", antwortete die Kahlköpfige. „Ich habe ein Tagebuch geführt."

Ral-El runzelte die Stirn, doch bevor jemand etwas erwidern konnte, nutzte Li-Sol die Gelegenheit zur Masterfrage.

„Und die Erde? Was ist mit der Erde? Ihr kommt doch von der Erde?", fragte sie aufgeregt.

„Die Erde..."

„Sei still, Hannah!", unterbrach sie der Mützenmann.

„Sag nichts! Wir wollen von diesem verfluchten Planeten nicht mehr sprechen!"

„Nun mal langsam", protestierte Li-Sol. „Wir haben euch aus dem All gefischt, da wäre es nur fair, wenn ihr uns auf den neusten Stand bringt und ein paar Informationen rausrückt. Was ist schon dabei?"

Ral-El pflichtete ihr bei.

„Es dauert fünf Jahre von der Erde bis zu unserer Außenstation. Das macht nach meiner Rechnung ungefähr neun Jahre Gesamtzeit. Da dürften noch Resterinnerungen bei euch vorhanden sein, die für uns Siedler interessant sind, oder nicht?"

Das Schiff glitt ruhig durch den Orbit.

„Umlaufbahn Natura erreicht", schnatterte Cäsar. „Eintritt in die Atmosphäre in zehn Minuten."

„Also gut, wenn ihr so scharf darauf seid, unserer Vergangenheit ins moderige Auge zu blicken: Bitte schön", grummelte der Wortführer. „Es hat sich nichts geändert. Status Quo. Ausgeblutet, verstrahlt, vertrocknet, trostlos, hemmungslos zugebaut und zugemüllt, ein einziger Alptraum aus faschistoiden Clans und Kannibalen. Ein widerlicher Haufen der jedes Recht verwirkt hat, sich als human zu bezeichnen. Ich gebe dieser Kugel höchstens noch ein paar Jahre."

Li-Sol und Ral-El tauschten einen flüchtigen, besorgten Blick aus.

„Auf der Erde vegetieren immer noch fast acht Milliarden Menschen", unterbrach ihn die Frau „und wenn es nur ein Bruchteil bis zu eurer Außenstation *Delta Sieben* schafft, dann könnt' ihr euch vorstellen, was euren Ökoplaneten erwartet: Eine gigantische Flüchtlingswelle."

„Hört, hört, eine neue Völkerwanderung", sinnierte Plot.

„Am Ende haben die greisen Weisen von der *ÖWP* doch Recht. Was meinst du, Ral-El??"

„Ich kann dich auch einfach abschalten. Ich muss nur deine Hauptplatine lahmlegen, wenn du mir weiterhin auf den Sack gehst!", drohte Ral-El.

Plot war beleidigt. „Das war doch nur ein kleiner Scherz."

„Jetzt hört auf hier herumzustreiten", rief Li-Sol.

„Es geht los! Die Leute sollen sich in Position bringen, wir tauchen jeden Moment in die Atmosphäre von Natura ein."

„Na gut, Kinder. Lasst uns diese Fracht hier irgendwie und irgendwo absetzten und dann machen wir Feierabend für heute", sagte Ral-El.

Feierabend!

Ein unpassendes Wort für einen Job, der erstens unbezahlt blieb und zweitens absolut illegal und strafbar war. Aber dieser altmodische Begriff hatte es Ral-El angetan. Er klang so sinnvoll nach Zufriedenheit und getaner Arbeit und damit ganz anders als sein stupider Job bei der...

„*'Entwicklungsbrigade Garten und Beet.'* So heißt doch dein komischer Verein, oder nicht?", spottete El-Bal und nahm sich eine neue Flasche Traubensaft aus dem Regal.

„Ich verstehe immer noch nicht, was dich bei einer solch' niedrigen Arbeitsstelle hält, Junge. Bei deinen Qualitäten kann ich dir jederzeit einen Führungsposten bei der *ÖWP* besorgen, das weißt du genau!"

Vor dem Flan von El-Bal erstreckte sich ein idyllischer Garten. Das saftige Grün der weiten Wiesen von Natura schimmerte im Glanz von *Solaris,* der zweiten künstlichen Sonne, welche den Kleinplaneten täglich dreiundzwanzig Stunden lang auf konstanter Temperatur hielt.

„Vater, ich bitte dich. Nicht schon wieder."

„Was heißt hier `nicht schon wieder'?", zeterte El-Bal.

„Komm mir nicht mit deinen bescheuerten Standardausflüchten. Ich habe nur einen Sohn, aber der verplempert seine kostbare Jugend beim Gemüseanbau anstatt diesen Planeten politisch weiter zu entwickeln. Ich frage mich ernsthaft, was du mit deiner ganzen Freizeit anfängst? Wenn ihr mit eurer Truppe nur vier Tage die Woche ins Beet geht, was treibst du da die restliche Zeit?"

„Ich kann dir versichern, ich habe genug zu tun", antwortete Ral-El. Der Alte musterte seinen Sohn argwöhnisch und kraulte sich den angegrauten Bart.

„Ich weiß manchmal nicht, wen ich vor mir habe. Die *Ökonomische Wachstumspartei* ist seit zwanzig Jahren an der Macht. Wir brauchen in der Regierung dringend junge Leute wie dich. Wir müssen die Partei erneuern, ansonsten schaffen es die Chaoten von der *Liga für Humanität* unsere Kolonie ins Verderben zu stürzen."

„Was ist denn an der Liga so schlimm? Opposition belebt die Politik."

Ral-El wusste, was jetzt kam: Die gleichen Sprüche, eine rassistische Keule nach der anderen, so wie jedes Mal.

„Mein Junge, du stellst Fragen wie ein verblödeter Ziegenhirte! Heilige Zwiebel! Dieser Kleinplanet ist eine grüne Perle im Universum, unser Zuhause seit Jahrhunderten. Das haben wir erschaffen! Wir werden es bestimmt nicht zulassen, dass wir jetzt von dreckigen, infizierten,

stinkenden Erdbewohnern überrannt werden. Die haben
doch schon einen Planeten zugeschissen. Einen Zweiten
werden sie nicht zugrunde richten!“

„Du übertreibst, Vater.“
„Übertreibung???“
El-Bals Stimme fing an, sich zu überschlagen.
„Ach komm, hör' schon auf mit deiner mitleidigen Tour.
Du siehst doch, wie die Flüchtlinge hier hausen! Das sind
alles infizierte, kranke Schmarotzer, fleischfressende Aas-
fresser die unfähig sind, sich sozial zu integrieren! Und
natürlich haben die immer den Schwanz oder die Dose im
Kopf. Die schwängern unsere einfältigen Natura Frauen
und vermehren sich wie Ungeziefer!“
„Jetzt mach' aber mal einen Punkt, Vater!“
Ral-El hatte nicht die geringste Lust, sich diesen Mist wei-
terhin anzuhören.
„Das sind doch nur die gängigen Klischees der Gründer-
väter mit ihrem verbohrten Hass auf die Erde.“
„Klischees!??“
Brüchig zeterte El-Bal weiter.
„Du hast nicht die geringste Ahnung von Geschichte. Du
besitzt keinen Respekt vor der Leistung der Siedler, die
den menschlichen Selbstzerstörungsdrang überwunden
haben!“
Eine kurze Zeit lang herrschte Schweigen. Dann sah der
Alte seinen Sohn durchdringend und mit zusammenge-
kniffenen Augen an.
„Und ganz nebenbei bemerkt“, fuhr er fort, „diese Terroristen von der *Intergalaktischen Flüchtlingsrettung* oder
wie auch immer dieser idiotische Verein sich nennt: Die
gehören alle an die Wand gestellt! Diese Verbrecher liefern uns die Pest noch frei Haus, diese elenden Trottel!“
„Vater.“

„Jawohl, an die Wand stellen, mit Brennnesseln auspeitschen und später im tiefsten Moor ertränken!"
„Vater!!"
Es war sinnlos. Ral-El drehte sich um und verließ grußlos den elterlichen Garten.

Er überlegte, An-Fau zu besuchen. Als sie sich das letzte Mal gesehen hatten, war es nicht sonderlich gut gelaufen.
Sie war sauer auf ihn, und das zu Recht. Er war so oft mit seinen Gedanken ganz woanders.
Vor drei Wochen hatte sie ihn beleidigt aus ihrem Flan geworfen, mitten beim Schnippeln für den Gemüseauflauf. Sie hatte das Messer hingeknallt und ihn einen Ignoranten genannt. An-Fau hatte von den Vorbereitungen für die Hochzeit geredet und Ral-El von der letzten Transportmission, wo ihnen drei Flüchtlinge quasi unter der Hand weggestorben waren.
Vielleicht verbrachte er zu viel Zeit mit den IFR Teams anstatt sich um seine zukünftige Frau zu kümmern? So hatten sie den halben Abend aneinander vorbei geplappert. Süße Romantik traf auf brutale Realität. Zurück blieben Verständnislosigkeit und Enttäuschung auf beiden Seiten.
Ral-El mochte An-Faus Flan.
Es war ein schönes Zuhause mit offenen und lichtdurchfluteten Räumen im Südwesten von Vegan City. Es lag eingebettet zwischen Orangengärten und grünen Beeten.
Er dachte nach. Der nächste Flug ins All stand erst in drei Tagen an. Vielleicht sollte er ihr doch spontan einen Besuch abstatten. Höchstwahrscheinlich war ihr Ärger längst verflogen. Ein Gefühl von Sehnsucht und Verlangen ergriff ihn. Es war ein schöner Spaziergang in der abendlichen Sonne des Planeten. Natura, dieses ökologische Paradies: Ein von Menschenhand transformierter und geschaffener Kleinplanet, eine grüne, biologisch sinnvolle

Oase, ein harmonischer Einklang von Mensch und Natur. Ral-El begann beim Laufen eine Melodie zu summen.

Der Flan von An-Fau erschien, er war in blendend rotes Abendlicht getaucht. An-Fau stand auf der Terrasse, ihr zierlicher Körper umklammerte zwei große Palmblätter, die sie wohl zum Trocknen vorbereitete. Ral-El kam näher, dann hielt er an.

Er stutzte.

Er stellte sich hinter zwei Orangenbäume, hielt die Hand an die Stirn und versuchte, im Gegenlicht besser sehen zu können. Die Palmblätter hatten sich bewegt.

Ganz ohne Wind.

Im nachlassenden Licht der jetzt tiefer stehenden Sonne zeichnete sich ein Umriss ab. Es waren keine Palmblätter.

Es war ein Mensch.

Ein Zucken durchlief Ral-El. Er rannte los.

„An-Fau! An-Fau!", rief er. Er hatte die Terrasse erreicht. „An-Fau, was...was machst du da? Wer ist das?" Ral-El stand auf der Treppe und starrte in das verdutzte Gesicht seiner Liebsten. Neben ihr stand ein Mann. Ral-El hatte ihn noch nie zuvor gesehen. Es war ein großer, drahtiger Typ, etwa in seinem Alter. Er trug ein helles Leinentuch, seine braunen Augen schauten überrascht auf.

„Oh, hallo", sagte er. „Ich bin Leo."

„Ral-El!", rief An-Fau freudig aus.

„Was...was ist hier los?", stotterte Ral-El. „Wer ist der Kerl? Was will der hier?"

„Ral-El, das ist ja eine Überraschung. Ich habe dich erst in einer Woche zur nächsten Beet - Saison erwartet."

„Das ist einer von der Erde", stammelte Ral-El weiter, „das erkenne ich auf den ersten Blick, das weißt du doch, An-Fau. An-Fau???" Die anfängliche helle Freude war inzwischen aus ihrem Gesicht gewichen.

„Ja. Wie du schon gehört hast, das ist Leo und er ist seit ein paar Monaten auf Natura." Leo grinste blöde und entblößte zwei Reihen gelber Zähne.

„Ich helfe hier seit einer Woche etwas bei der Ernte - ist ja sonst keiner da, der es tut." Seine Worte bohrten sich wie ein schleimiger Wurm in Ral-Els Gehörgänge.

„Ach ja, Ernte?" Ral-El kam in Fahrt und eine ungebremste Wut stieg in ihm hoch. „Verarschen kann ich mich alleine. An-Fau, du hast doch gerade an ihm gehangen und der Schweinehund hat dich geküsst? Ihr...ihr habt zusammengeklebt wie zwei Kröten bei der Paarung!"
Seine Stimme fing an, sich zu überschlagen, als ob ein elterliches Gen schleichend die Kontrolle übernahm.
Tränen schossen ihm in die Augen.

„DU!!! Du hast etwas mit dem Kerl, du betrügst mich!"

„Aber nein, nein...so ein Unsinn!", rief An-Fau.

„Was für ein Unsinn! Ich habe mich gerade bei Leo für die tolle Hilfe bedankt, und ja - ich habe ihn für einen kurzen Moment umarmt, aus Dankbarkeit. Das bedeutet gar nichts, hörst du? Gar nichts!"

„Nichts, das bedeutet bei dir nichts?!" Ral-El schrie jetzt wie ein Irrer und machte eine Bewegung, um auf Leo loszugehen. „Dieser räudige Kriecher, diese immer geile Ratte hier, dieses fleischfressende Schwein!!! Ich werde..."
„Ral-El, hör` bitte auf!"
„Hören Sie mal, hören Sie doch mal zu", vernahm Ral-El die Stimme des Wurms gedämpft und wie durch einen Nebel. Dann war da ein Summen in seinem Kopf, laut und monoton. Ein alles übertönendes Summen, das ihn blockierte und seine Festplatte abschaltete.
„Ral-El ist nicht anwesend. Bitte überlassen Sie eine Botschaft im Aufzeichnungssystem."

Ral-El spürte etwas Kaltes in seiner der Hand. Dann war es warm, ganz warm und flüssig. Er blickte sich um. Auf der Terrasse stand An-Fau und schrie. Aber er konnte sie nicht hören. Er hörte überhaupt nichts mehr, außer dem Summen.

Dieses laute Summen.

An-Fau hatte den Mund weit geöffnet und hielt sich vor Entsetzen die Hände vor das Gesicht.

Ihr schönes Gesicht.

Der Körper des Wurmes lag regungslos mit dem Bauch auf dem Holzboden der Terrasse.

Wie in Zeitlupe blickte Ral-El verständnislos auf seine rechte Hand. Still und bunt flossen Blut und Gehirnmasse entlang diesem eisernen Monstrum, dem rostigen Schraubenschlüssel, der nach seinem langen Weg durch das All endlich seine Bestimmung und sein Ziel gefunden hatte.

Solaris verschwand am Horizont und eine lange Nacht senkte ihren Schatten über Natura.

Schlussverkauf

Das leise, immer wiederkehrende Piepsen wollte nicht aufhören. Penetrant und monoton drang es quälend in sein Innerstes. Nigel hielt sich beide Ohren zu. Wer konnte schon wissen, was es diesmal wieder war. Am besten wäre es wohl, es zu ignorieren und die Sache auszusitzen. Irgendwann würden sie es wahrscheinlich aufgeben.
Es half nichts.
Das Piepsen hörte nicht auf und dann war es zu spät. Nelly knuffte ihn in die Seite.
„Für dich, Liebling. Warum nimmst du nie etwas an, ich bin nicht deine Sekretärin."
Er brummte irgendetwas Unverständliches und trottete unwillig und lustlos rüber zum Info-Screen. Als ihn die dümmliche Kunstvisage eines Betreuers anglotzte wusste er, dass dieser Tag nichts Gutes bringen würde.

„Mister Bannon! *Matadoras Industries*, der Rohstoff Lieferant Ihres Vertrauens, wünscht Ihnen einen *'Guten Morgen'*."
„Du mich auch...", nuschelte Nigel, aber er tat das so geschickt, dass es genauso gut ein *'Für Sie auch'* hätte heißen können. Ein Verkünder von der Zentrale. Das hatte ihm noch gefehlt!
„Mister Bannon, wir haben tolle Neuigkeiten für Sie."
Die Kunstvisage des Betreuers grinste breit wie ein Hintern.
„Sie haben in der Lotterie gewonnen. *Matadoras Industries* sagt: *'Herzlichen Glückwunsch'*, Mister Bannon. Sie wurden auserwählt!"
Nigel stand vor dem Screen und wurde sichtlich nervös.

„Ich habe es geahnt. Na toll, was darf es denn diesmal sein? Wieder drei Monate Tagebau auf dem Mars?“

Er stöhnte hörbar.

„Das Gesicht auf dem Plasmabildschirm nahm eine ovale Form an und pulsierte bedeutungsvoll mit den Augen.

„Aber nein, Mister Bannon, wo denken Sie hin. Besser...viiiel besser.“

Nelly erschien hinter Nigel und fing an, Fingernägel zu kauen. Triumphierend verkündete der Betreuer:

„Sie haben die einmalige Gelegenheit, viele *Pixies* auf Ihr Konto zu schaufeln. Sie gehen eine Woche in den Außendienst. Also, zur Kunden - Neugewinnung. Ist das nicht fan-tas-tisch?“

Nelly war jetzt leichenblass.

Ihr Mund öffnete sich zu einem Schrei, doch dann hielt sie sich die Hände davor und schwieg.

Nigel schaute entsetzt auf: „Krieg? Krieg? Ich soll in den verdammten Krieg ziehen?“

„Aber, aber, Mister Bannon“, flötete die Visage tadelnd.

„Wer wird denn so eine altmodische, garstige Bezeichnung verwenden? *Matadoras Industries* schickt Sie lediglich eine Woche auf das Spielfeld im Freiland nach Quadrat 7, als Logistiker im Kleinteam. Wie schon erwähnt: Es gibt jede Menge *Pixies* zu sammeln. Wie wir beide wissen, steht Ihr Kundenkonto zurzeit nur bei 150. Wir wollen Ihnen die Möglichkeit geben, positiv auf ihr Kundenkonto einzuwirken.“

„Und wenn ich mich weigere?“

Unheilvoll schwangen Nigels letzte Worte im Raum. Das Gesicht auf dem Screen wirkte wie eingefroren. Es bewegte sich nicht mehr. Es sprach auch nicht mehr. Dafür ertönte eine andere Stimme aus dem Kommunikator, kalt und mechanisch:

„Das Nichtbefolgen der 'Allgemeinen Geschäftsbedin-
gungen' wird in der Regel mit 500 *Pixies* Abzug bestraft.
Bitte bedenken Sie Ihren aktuellen Kontostand."
Nelly fing an zu schluchzen.
„Ich...ich sehe dich nie wieder. Nie wieder!"
„Ruhig, ganz ruhig. Wir werden uns wiedersehen, das
verspreche ich."
Nigel schaute hinunter auf seinen Biocontroller im linken
Unterarm. Dieser zeigte gnadenlos den Kontostand an:
Lächerliche 150 *Pixies*.
Das war nicht gerade viel.
„Ihr Bio - Chip im Controller wird übrigens für die Zeit
im Außendienst deaktiviert", fuhr der wiederbelebte Be-
treuer fort. „Alle Kommunikations- und Informations-
dienste werden damit unterbrochen. Eine notwendige
Spielregel, wie Sie wissen. Bitte begeben Sie sich umge-
hend zum Port 127. Wir deportieren Sie auf das Spielfeld.
Ich wünsche Ihnen ein gutes Gelingen und viel Erfolg bei
der Kunden - Neugewinnung und verabschiede mich, Mr.
Bannon."
Der Bildschirm erlosch.
„So ein Mist!", schrie Nigel. „So ein elender Mist!!"

„Elender Mist! Mist! Mist! Mist!"
„Hör' auf hier laut herum zu fluchen!", schimpfte David.
„Denkst du, du bist hier der Einzige, der genervt ist?
Keiner von uns hier hat sich das freiwillig ausgesucht.
Mein idiotischer Ganzkörper- Plastikanzug juckt mich an
den Klöten, die Pillen sind leer und in der *Koolo* habe ich
nur noch Energie für einen lausigen Schuss...wenn es
überhaupt noch reicht."
David betrachtete die Energieanzeige seiner Waffe und
stellte das Gewehr in die Ecke.

„Und eines ist klar: Wir drei stecken gemeinsam in der Scheiße. Also kommen wir hier auch nur gemeinsam wieder raus. Lass endlich dein destruktives Gejammer. Denk' dir was aus. Du bist hier schließlich der Logistiker!"

„Ich...ich habe einfach die Schnauze voll, ich will hier nicht sein", antwortete Nigel tonlos.

Er saß mit dem Rücken an einer zerfallenen Häuserwand vor einem abblätternden Graffiti aus einer vergangenen Zeit. Einige Worte waren gerade noch lesbar. *'Wir schaffen das'*, stand da geschrieben. Er fing an zu kichern.

David sah ihn genervt an. Es war still. Nur ab und zu kamen Geräusche aus der Ferne. Es klang nach Kampf und Konfrontation.

Dann war es wieder ruhig. Sie sahen beide zu Sarina rüber. Sie stand mit dem Rücken zu ihnen und fixierte die andere Seite. Ihre langen, schwarzen Haare hatte sie zu einem Zopf gebunden. Mit der linken Hand versuchte sie den Zoomer ihres *Diopters* schärfer zu stellen.

„Ich kann nichts erkennen."

Auf ihrem weißen Plastikanzug stand in roter Schrift der Buchstabe A. Sarina drehte sich zu den beiden Männern um und lächelte sie spöttisch an.

„Ich frage mich wirklich, warum ausgerechnet ich immer in den Teams lande, wo schlechte Laune und Genörgel Standard sind. Ich höre mir das jetzt schon tagelang an. Wenn ihr beide euren Job richtigmachen würdet, wären wir hier schon lange fertig."

„Oho", spottete Nigel „darauf haben wir noch gewartet: Die Aufklärung liest uns die Leviten. Na, da kommt Freude auf."

„Halt bloß die Fresse, Nigel!", schnarrte David. „Sie hat doch Recht. Hier doof herumzulungern bringt uns kein Stück weiter. Matadoras hat uns hier eingesetzt und wir haben eben nun mal keine Wahl."

„Wenn es nach mir ginge, hätte ich schon eine Wahl. Ich könnte zu Hause sitzen mit einer Flasche *Coacana* und ließe schön die Eier baumeln. Meinetwegen kann der Konzern das hier mit Drohnen und Kampfrobotern erledigen."
David schüttelte den Kopf und knurrte:
„Du schnallst es einfach nicht, Bannon, oder? Du raffst wirklich gar nichts. Das hier ist nur ein gottverdammtes Spiel zur Kundenmaximierung. Da bringt man nicht sinnlos potentielle Käufer um, du Idiot." David nahm die *Koolo* wieder in die Hand und sein Anzug knisterte bei jeder Bewegung.

„Die richtigen Kampfroboter und großen Kriegsdrohnen setzen die hohen Herren vom Aufsichtsrat auf dem Mars ein, die werden doch nicht verschwendet. Das hier ist nur Zeitvertreib, ein schlechter Witz, möchte man meinen."
Sarina ergänzte:
„Wie ich über die illegale Plattform mitbekommen habe, sieht es auf dem Mars für den Konzern nicht so rosig aus. Dort ist der Aufstand der Siedler in vollem Gange, die haben keinen Bock mehr, sich von *Matadoras Industries* ihre Rohstoffe klauen zu lassen. Mittlerweile ist der Lithium Abbau total zusammengebrochen. Die Siedler setzen auf ihrer Seite ebenfalls künstliche Krieger ein."

„Ja, das ist gut möglich", übernahm David „und außerdem führt der Konzern Krieg gegen die *Ho-Chin* Gruppe in Asien. Und dort, liebe Leute, da geht es wirklich zur Sache. Das könnt ihr mir glauben. Also macht euch hier wegen ein paar läppischen Spielzügen nicht in die Hose, ja?"

„Na gut." Nigel schaute zu Sarina.

„Wie sieht es aus mit der Aufklärung?" Er saß immer noch auf dem Boden an der Wand und schnaufte unzufrieden.

„Hm...mal sehen.“

Sarina drehte den beiden wieder den Rücken zu. Das singende Geräusch des ausfahrenden Zoomers ertönte und sie spähte konzentriert durch den *Diopter*. Nach einer Weile drehte sie sich zu den Männern um.

„Ich denke, Feld D8 und E7 sind leer. Definitiv. Da könnten wir ungestört vorrücken. Auf Feld B8 sieht es so aus, als gäbe es dort Kundenbewegung. Das könnte sich für uns lohnen, allerdings...“ Sie sah David an.

„Allerdings mit Energie für nur einen Schuss“, beendete Nigel ihren Satz.

„Was denkst du, Sarina? Was sind das für welche? Sind die von *Aladin United*?“

„Wäre auf diesem Quadrat gut möglich“, antwortete sie. „Dreckiger Dienstleistungsgigant, einer der schlimmsten Sorte!“, schimpfte David. „Die hatten mich mal 3 Jahre in ihren Fängen. Ich kam da nur mit viel Glück wieder raus.“

„Das könnten aber auch genauso gut Kunden von der *ZKSV Versicherungsgruppe* sein, bekanntlich ebenfalls ein übler Haufen“, gab Nigel zu Bedenken. „Nach meiner Meinung sollten wir nichts riskieren und auf ein leeres Feld ziehen. Also ich bin für D8 oder E7.“

Sarina legte abermals ihren spöttischen Blick auf: „Hast du Schiss, Bannon?“

„Nein, ich sehe das eher nüchtern“, meinte Nigel trocken. Sarina merkte, dass er sich über ihren Spruch ärgerte.

„Angenommen, wir gehen rüber auf B8 und gewinnen dort 3 Kunden“, fuhr er fort. „Das wären müde 200 *Pixies* für jeden von uns, richtig? 200 pro Nase. Leider wissen wir nicht, ob die da drüben nicht bis an die Zähne bewaffnet sind und uns dann als Kunden übernehmen. Unser werter Vollstrecker hier hat nur noch einen Schuss frei, damit gewinnen wir heute keinen Preis.“

Nigel schaute prüfend in die Runde und setzte mit seiner Überzeugungsarbeit unbeirrt fort:

„Ich als Logistiker schlage vor, auf eines der leeren Felder auszuweichen und die restlichen 2 Tage dieses bescheuerten Spiels abzuwarten und still zu halten. Dann gehen wir alle drei schön nach Hause und alles ist gut. Andernfalls riskieren wir, Kunden von *Aladin United* oder der *ZKSV Gruppe* zu werden. Das wäre dann das Ende unserer bisherigen Lebenssituation.“

Er hatte geendet und alle drei sahen sich prüfend an.
Es war, als ob jeder seine Optionen gedanklich durchspielte.

„Klingt eigentlich ganz vernünftig“, sagte der Mann mit der *Koolo* in der Hand und dem roten V auf seinem Rücken. „Vor zweihundert Jahren war das aber irgendwie sportlicher.“

„Was meinst du mit sportlicher?“ fragte Sarina.
David tätschelte seinen fülligen Bauch und der Plastik Overall quietschte.

„Na ja“, fuhr er grübelnd fort, „damals war die Lage irgendwie noch klar und aufgeräumt. Es gab Nationalstaaten und Regierungen. Wenn es mal krachte, gab es hin und wieder einen kleinen Krieg mit ein paar Millionen Toten. Dann war der Käse gegessen und alle hatten sich wieder lieb, hielten fromme Reden und räumten den Schutt weg. Der Frieden hielt meistens ein oder zwei Generationen lang. Eine schöne Sache, wenn ihr mich fragt. Aber heutzutage...“ Der Vollstrecker nahm die *Koolo* prüfend in den Arm.

„Heute werden wir von einer Suppe in die Nächste getunkt, völlig willkürlich.“ Er spuckte verächtlich auf den Boden.

„Wir kennen die Geschichten aus der Vergangenheit, David“, sagte Nigel. „Danke für die Schulstunde. Aber wenn du hier schon ein Fass aufmachst, vergiss nicht zu erwähnen, wem wir die heutige Weltordnung zu verdanken haben: Raffgierigen Politikern!“ Nigel zog eine angewiderte Grimasse.

„Von wegen gewählte Volksvertreter: Die hingen wie die Marionetten an den Fäden und Geldtrögen der Wirtschaft. Bezahlte Lobbyisten, die nur an sich und ihren Wohlstand gedacht haben. Als die Leute merkten, dass sie immer mehr verarscht wurden, kam der richtige Mann zur richtigen Zeit. Ein harter, demagogischer Heilsbringer mit anscheinend erfrischend simplen Lösungen. Und als der an der Macht war…na, das Resultat sehen wir heute: Die Welt wurde von den Konzernen nach ihren Marktanteilen aufgeteilt und du kannst heute noch nicht mal auswählen, welcher von den Hackfressen dir das Blut aussaugt. Und zum Thema *sportlicher*: Wir tanzen doch immer noch wie Puppen nach der Pfeife des Kapitals.“

„Ach du lieber Himmel! Eine Rede wie kurz vor einer Rebellion“, frotzelte Sarina. „Mister Bannon, Schluss mit dem politischen Geschichtsunterricht.“ Sie streckte ihren Arm in östliche Richtung aus. „Wenn keiner etwas dagegen hat, ziehen wir rüber auf das leere Feld. Mir soll es recht sein.“

„Okay, lasst uns gehen“, sagte Nigel und stand auf.
Sie setzten sich langsam in Bewegung.

David kam es vor, als ob sie beobachtet wurden und er schaute sich vorsichtshalber nach allen Seiten um. Er sollte sich nicht irren.

„Einen Augenblick!“, ertönte eine säuselnde, männliche Stimme über ihnen.

„Ich möchte ihr Team an die *'Allgemeinen Geschäftsbe-
dingungen'* und an die Spielregeln erinnern."

„Ach, du guter Vater, " stöhnte Nigel. „Shit, die Spielleitung mischt sich ein! Wo kommt die denn her?"

„Ich muss leider in Ihren geplanten Spielzug eingreifen",
sagte die Stimme über ihren Köpfen.
Sarina musterte die Drohne. Sie war rund, glänzte wie
poliertes Silber, absolut glatt und mit dem typischen in Rot
aufblinkenden Auge. Darunter stand gut lesbar das Wort:
HANS.

„Ich lach' mich schlapp. Jetzt geben sie diesen verbeulten
Schrotthaufen sogar Namen, haha", lästerte Sarina.

„Miss Jones, für diese unqualifizierten und diskrimini-
renden Bemerkungen müssen wir Ihr Konto leider mit 30
Pixies Strafgebühr belasten", erklärte HANS ungerührt.
Sarina schluckte.
Allen Spielern war bewusst, dass man sich in der momen-
tanen Situation keine Minuspunkte leisten konnte.

„Bitte..."
Sarinas frecher Tonfall war dem blanken Entsetzten gewichen. „Ich habe nur noch eine Niere." Sie blickte bettelnd
und verunsichert zu der blinkenden Drohne.

„Solange Sie kooperieren, können Sie ihre zweite Niere
auch behalten. Ihr Kontostand weist immerhin noch 180
Pixies auf. Wenn Sie ihn nicht überziehen, werden Ihnen
auch keine weiteren Organe entnommen. Für *Matadoras
Industries* ist nur ein vollständiger Kunde auch ein zufrie-
dener Kunde." Nigel versuchte, die unangenehme Situation zu entschärfen.

„Schon gut. Alles klar, alles in Ordnung, HANS. Weder
wollen wir Stress machen noch wissen, was die Geschäftsleitung mit unseren Innereien veranstaltet. Als Logistiker
denke ich, dass es ohne Bewaffnung klüger wäre, die Sache auszusitzen. Wir haben noch zwei Tage durchzuhal-

ten. Für den Konzern rechnet es sich doch mehr, den Kundenstamm zu erhalten als ihn am Ende an die Konkurrenz zu verlieren, oder nicht?"

„Unakzeptabel", befand HANS. „Die Geschäftsleitung verlangt, dass die drei Gegenspieler auf B8 in unseren Kundenstamm überführt werden. Meine Daten besagen, dass Ihr Vollstrecker, Mister Miller, noch genug Energie für einen Schuss hat. Als Spielleitung habe ich errechnet, dass B8 inzwischen keine Munition mehr hat. Ich fordere Sie also dazu auf, sich mit ihrem Team in die Angriffsposition zu begeben."
HANS klang irgendwie genervt und fuhr fort: „Falls Sie diesen Spielzug verweigern, belaste ich Ihren Kontostand mit 500 *Pixies* im Soll."

„Na, das ist doch mal ein schlagendes Argument, Leute", knurrte David Miller. „Also lasst uns da rübergehen und unseren Kontostand auffüllen, ja? Und du da..." Er drehte seinen Kopf in Richtung Drohne.

„Geh' mir aus der Sonne."

Dicht hintereinander und im Laufschritt durchquerte das Team C7.

Da gab es nichts.
Nur Trümmer und Schutt als mögliche Deckung. Auf Feld C8 lag ein verschrotteter Kampfroboter der ersten T - Generation, völlig demoliert und unbrauchbar. Danach spurteten die Drei über eine löcherige Straße rüber zu B8: Unübersichtliches Gelände, Wildwuchs und ganz hinten eine alte Fabrik.

„STOP! Keinen Schritt weiter!"
Sarina war ganz vorne gegangen und ihre Nase knutschte die Mündung einer *Koolo*. Deren Besitzer, ein bärtiger, rothaariger Riese, schien nicht der Typ zu sein, der allzu lange fackelte. Hinter ihm stand ein kleiner, pickeliger

Aufklärer mit Hut und ein dürrer, leichenblasser Logistiker, der sofort das Wort übernahm.

„Meine Damen und Herren! Hiermit überführen wir Sie in den Kundenstamm der *Transport-Transfer Gesellschaft TT*. Ergeben Sie sich umgehend oder wir müssen Gewalt anwenden."

Nigel war völlig überrumpelt. Blind ins Verderben gerannt und dann auch noch bei einer Gruppierung gelandet, die in Quadrat 7 nur selten operiert! So ein Dreck! Die *TT* Bande exportierte angeblich weltweit reise-taugliche Flüssigtransporter, mit denen man große Entfernungen im All zurücklegen kann.

„Hört mal zu, ihr Schrumpfköpfe", schnarrte David und legte seine Waffe an. „Ich weiß ja nicht, welche Show ihr hier abziehen wollt, aber verarschen könnt ihr uns nicht. Ich rieche einen Bluff 10 Meilen gegen den Sonnenwind." Er wandte sich direkt an den Riesen und sah ihm in die Augen.

„Wir haben Informationen, dass ihr keine müde Patrone mehr im Lauf habt, aber die hier, mein rothaariger Freund, ist geladen und bereit dazu, dir deine hässliche Rübe wegzuputzen."

Eine gespenstische Ruhe legte sich über das Spielfeld und verstärkte damit Eindruck und Gefährlichkeit von Davids martialischer Angeberei. Der pickelige Aufklärer setzte zum Sprechen an aber Nigel schnitt ihm das Wort ab:

„Verehrte Herrschaften: Hiermit fordern wir Sie auf, die Waffen zu strecken und sich dem werten Kundenstamm von *Matadoras Industries...*"

„Auf gar keinen Fall!", brüllte eine andere Stimme. „So läuft das hier nicht ab!" Alle Augen wanderten nach links. Ein Systemroboter mit Logo *TT* stand seitlich direkt hinter dem dürren Logistiker der *Transport-Transfer Gesellschaft*.

„Ich darf mal kurz ins Blaue raten, ja?“, frotzelte Sarina.

„Du Missgeburt von einem Haufen minderwertigem Stahl bist wohl die Spielleitung dieser jämmerlichen Versager hier?“ David musste schallend lachen und der *TT* Roboter meldete sich umgehend zum Gegenangriff:

„Sie können von Glück sagen, dass wir für ihre Person noch keine Kundendatei angelegt haben. Bei uns gibt es für solche Frechheiten den angemessenen Abzug, nur, dass Sie schon mal Bescheid wissen“, drohte er.

„Der Einzige, der hier das Wort Abzug jetzt mal in die Tat umsetzen sollte, bist du!“

„HANS!“, riefen Sarina und David gleichzeitig, als ob ein alter, guter Bekannter zu Besuch gekommen wäre. Die Drohne schwebte geräuschlos unmittelbar über dem Geschehen und machte sofort unmissverständlich ihren Standpunkt klar: „Das hier sind unsere Kunden!“

„Von wegen, das sind jetzt unsere Kunden!“, plärrte der *TT.* „Ich lasse mir doch den Spielverlauf nicht von einer lächerlichen fliegenden Drohne namens HANS diktieren. Das wäre ja noch schöner!“

Der Rothaarige zielte immer noch mit seiner geladenen oder auch nicht geladenen *Koolo* auf Sarina. Jetzt schwenkte er sie in Richtung David, der seinerseits die Waffe wie ein altbackener Westernheld locker in der Hüfte in Anschlag gebracht hatte. Die Beiden sahen sich an. In die Augen.

Vier Augen.

Auge um Auge.

„Ich zähle jetzt bis drei!“, rief der *TT* Roboter. „Eins...“

Weiter kam er nicht. Fast wie einstudiert hatte sich der rothaarige Riese geduckt und David die Schussbahn frei gegeben. Fallendes Metall, ein krachender Aufschlag auf kaltem Beton. Ein gezielter Schuss mitten ins Betriebssystem unterhalb des Brustpanzers hatte den *TT* zerstört.

Stille. Herrliche Stille.

„Nein! Das ist nicht regelkonform", protestierte HANS.

„Dies ist gelinde gesagt Betrug, absolut außerhalb der Spielregeln! So eine Aktion eines Kunden habe ich noch nie erlebt. Das ist überhaupt nicht vorgesehen! Ich muss das melden! Man sollte keinen Spielleiter erschießen, auch keinen von der Konkurrenz. Das hat ein Spielleiter nicht verdient, denn es..."

Das blinkende Auge zersplitterte mit einer knallenden Implosion, es folgte eine Art Pfeifen. Die Drohne taumelte und schmierte ab. Dann schlug HANS scheppernd auf dem Boden auf. David hatte den Weg ebenfalls freigemacht und der Riese hatte den Rest erledigt. Die Reserve - Energie der *Koolo* hatte die Drohne dummerweise nicht registriert.

„Ihr...ihr Irren...ihr seid ja wahnsinnig!!!", schrie der Pickelige. „Sie werden uns alle ausnehmen, schlachten wie die Tiere, sie werden..."

„Schnauze, Festus!", rief der Rothaarige.

Der Vollstrecker der *TT* Gesellschaft hatte die Stimme und das Tonvolumen eines ausgestorbenen Braunbären. „Halt einfach deine pickelige Klappe und lass uns nachdenken!"

Der dürre, bleiche Logistiker schaltete sich ein:

„Also Leute. Ich sehe das so: Hier gibt es keine Kundenübernahme, für niemanden."

„Ganz genau", sagte Nigel. „Jetzt hört mal zu." Alle Blicke richteten sich auf ihn.

„Das Spielfeld ist nur eines von vielen und es ist riesig. Ohne Spielleiter hat uns hier niemand mehr auf dem Screen und keiner von denen weiß, warum diese beiden Idioten hier offline sind." Er deutete auf die Überreste.

„Da kann alles Mögliche schiefgegangen sein. Also...wir demontieren jetzt ihre Blackbox und zerstören die kompletten Aufzeichnungschips."
Festus kratzte sich nervös am Hintern.
„Und dann?", fragt er.
„Das kann ich euch sagen, ihr Helden", sagte Nigel.
„Team *TT* begibt sich auf Feld C7 und wir auf C8. Alle halten zwei Tage schön die Backen still und dann geht jeder von uns still und leise nach Hause."
„Nach Hause?", flüsterte Sarina.
„Ja genau, nach Hause. Wir sind nur ein kleines Puzzlestück auf dem Tablett. Wenn es gar keine Dokumentation und null Aufzeichnung gibt, kann man uns nichts nachweisen. Vielleicht haben sich die Blechköpfe ja gegenseitig eliminiert, wer weiß? Wir können einfach irgendetwas erzählen, etwas erfinden, oder einen altmodischen, saudummen Spruch aufsagen", endete Nigel.
„Was denn für einen Spruch?", fragte David.
Nigel holte tief Luft:
„Na, zum Beispiel: Stell' dir vor es ist Krieg und niemand geht hin."
Sarina lachte glockenhell:
„Oder noch besser...Stell' dir vor es ist Schlussverkauf und kein Kunde kauft etwas."